Iracema

Cinco Minutos

COLEÇÃO A OBRA-PRIMA DE CADA AUTOR

Iracema

Cinco Minutos

José de Alencar

TEXTO INTEGRAL

7ª EDIÇÃO

MARTIN CLARET

Ano da primeira publicação: *Iracema* (1865), *Cinco minutos* (1856).

DIREÇÃO	Martin Claret
PRODUÇÃO EDITORIAL	Carolina Marani Lima Flávia P. Silva
PROJETO GRÁFICO E DIAGRAMAÇÃO	Giovana Gatti Leonardo
DIREÇÃO DE ARTE E CAPA	José Duarte T. de Castro
ILUSTRAÇÃO DE CAPA	Helea / Shutterstock
REVISÃO	Luciane Helena Gomide Giacomo Leone
IMPRESSÃO E ACABAMENTO	Meta Solutions

Este livro segue o novo Acordo Ortográfico da Língua Portuguesa.

Dados Internacionais de Catalogação na Publicação (CIP)
(Câmara Brasileira do Livro, SP, Brasil)

Alencar, José de, 1829-1877.
Iracema; Cinco minutos / José de Alencar. — São Paulo: Martin Claret, 2011. — (Coleção a obra-prima de cada autor; 6)

"Texto integral"
ISBN 978-85-7232-274-4

1. Romance brasileiro I. Título. II. Título: Cinco minutos. III. Série.

11-06898 CDD-869-93

Índices para catálogo sistemático:

1. Romances: Literatura brasileira 869.93

EDITORA MARTIN CLARET LTDA.
Rua Alegrete, 62 – Bairro Sumaré – CEP: 01254-010 – São Paulo – SP
Tel.: (11) 3672-8144 – Fax: (11) 3673-7146
www.martinclaret.com.br
4ª reimpressão – 2014

Sumário

Cinco minutos

PALAVRAS DO EDITOR

A história do livro e a coleção "A Obra-Prima de Cada Autor"

MARTIN CLARET

Que é o livro? Para fins estatísticos, na década de 1960, a Unesco considerou o livro "uma publicação impressa, não periódica, que consta de no mínimo 56 páginas, sem contar as capas".

O livro é um produto industrial. Mas também é mais do que um simples produto. O primeiro conceito que deveríamos reter é o de que o livro como objeto é o veículo, o suporte de uma informação. O livro é uma das mais revolucionárias invenções do homem.

A *Enciclopédia Abril* (1972), publicada pelo editor e empresário Victor Civita, no verbete "livro" traz concisas e importantes informações sobre a história do livro. A seguir, transcrevemos alguns tópicos desse estudo didático.

O livro na Antiguidade

Antes mesmo que o homem pensasse em utilizar determinados materiais para escrever (como, por exemplo, fibras vegetais e tecidos), as bibliotecas da Antiguidade estavam repletas de textos gravados em tabuinhas de barro cozido. Eram os primeiros "livros", depois progressivamente modificados até chegarem a ser feitos — em grandes tiragens — em papel impresso mecanicamente, proporcionando facilidade de leitura e transporte. Com eles, tornou-se possível, em todas as épocas, transmitir fatos, acontecimentos históricos, descobertas, tratados, códigos ou apenas entretenimento.

Como sua fabricação, a função do livro sofreu enormes modificações dentro das mais diversas sociedades, a ponto de constituir uma mercadoria especial, com técnica, intenção e utilização determinadas. No moderno movimento editorial das chamadas sociedades de consumo, o livro pode ser considerado uma mercadoria cultural, com maior ou menor significado no contexto socioeconômico em que é publicado. Como mercadoria, pode ser comprado, vendido ou trocado. Isso não ocorre, porém, com sua função intrínseca, insubstituível: pode-se dizer que o livro é essencialmente um instrumento cultural de difusão de ideias, transmissão de conceitos, documentação (inclusive fotográfica e iconográfica), entretenimento ou ainda de condensação e acumulação do conhecimento. A palavra escrita venceu o tempo, e o livro conquistou o espaço. Teoricamente, toda a humanidade pode ser atingida por textos que difundem ideias que vão de Sócrates e Horácio a Sartre e McLuhan, de Adolf Hitler a Karl Marx.

Espelho da sociedade

A história do livro confunde-se, em muitos aspectos, com a história da humanidade. Sempre que escolhem frases e temas, e transmitem ideias e conceitos, os escritores estão elegendo o que consideram significativo no momento histórico e cultural que vivem. E, assim, fornecem dados para a análise de sua sociedade. O conteúdo de um livro — aceito, discutido ou refutado socialmente — integra a estrutura intelectual dos grupos sociais.

Nos primeiros tempos, o escritor geralmente vivia em contato direto com seu público, que era formado por uns poucos letrados, já cientes das opiniões, ideias, imaginação e teses do autor, pela própria convivência que tinham com ele. Muitas vezes, mesmo antes de o texto ser redigido, as ideias nele contidas já haviam sido intensamente discutidas pelo escritor e parte de seus leitores. Nessa época, como em várias outras, não se pensava na enorme porcentagem de analfabetos. Até o século XV, o livro servia exclusivamente a uma pequena minoria de sábios e estudiosos que constituíam os círculos intelectuais (confinados aos mosteiros durante o começo da Idade Média) e que tinham acesso às bibliotecas, cheias de manuscritos ricamente ilustrados.

Com o reflorescimento comercial europeu, nos fins do século XIV, burgueses e comerciantes passaram a integrar o mercado livreiro da época. A erudição laicizou-se e o número de escritores aumentou, surgindo também as primeiras obras escritas em línguas que não o latim e o grego (reservadas aos textos clássicos e aos assuntos considerados dignos de atenção). Nos séculos XVI e XVII, surgiram diversas literaturas nacionais, demonstrando, além do florescimento intelectual da época, que a população letrada dos países europeus estava mais capacitada a adquirir obras escritas.

Cultura e comércio

Com o desenvolvimento do sistema de impressão de Gutenberg, a Europa conseguiu dinamizar a fabricação de livros, imprimindo, em cinquenta anos, cerca de 20 milhões de exemplares para uma população de quase 100 milhões de habitantes, cuja maioria era analfabeta. Para a época, isso significou enorme revolução, demonstrando que a imprensa só se tornou uma realidade diante da necessidade social de ler mais.

Impressos em papel, feitos em cadernos costurados e posteriormente encapados, os livros tornaram-se empreendimento cultural e comercial: os editores passaram logo a se preocupar com melhor apresentação e redução de preços. Tudo isso levou à comercialização do livro. E os livreiros baseavam-se no gosto do público para imprimir, principalmente obras religiosas, novelas, coleções de anedotas, manuais técnicos e receitas.

Mas a porcentagem de leitores não cresceu na mesma proporção que a expansão demográfica mundial. Somente com as modificações socioculturais e econômicas do século XIX — quando o livro começou a ser utilizado também como meio de divulgação dessas modificações e o conhecimento passou a significar uma conquista para o homem, que, segundo se acreditava, poderia ascender socialmente se lesse — houve um relativo aumento no número de leitores, sobretudo na França e na Inglaterra, onde alguns editores passaram a produzir obras completas de autores famosos a preços baixos. O livro era então interpretado como símbolo de liberdade, conseguida por conquistas culturais. Entretanto, na maioria dos países, não houve nenhuma grande modificação nos índices porcentuais até o fim da Primeira Guerra Mundial (1914-1918), quando surgiram as primeiras grandes tiragens de um só livro, principalmente romances, novelas e textos didáticos. O número elevado de cópias, além de baratear o preço da unidade, difundiu ainda mais a literatura. Mesmo assim, a maior parte da população de muitos países continuou distanciada do livro, em parte porque ele tinha sido durante muitos séculos considerado objeto raro, atingível somente por um pequeno número de eruditos. A grande massa da população mostrou maior receptividade aos jornais, periódicos e folhetins, mais dinâmicos e atualizados, e acessíveis ao poder aquisitivo da grande maioria. Mas isso não chegou a ameaçar o livro como símbolo cultural de difusão de ideias, como fariam, mais tarde, o rádio, o cinema e a televisão.

O advento das técnicas eletrônicas, o aperfeiçoamento dos métodos fotográficos e a pesquisa de materiais praticamente imperecíveis fazem alguns teóricos da comunicação de massa pensarem em um futuro sem os livros tradicionais (com seu formato quadrado ou retangular, composto de folhas de papel, unidas umas às outras por um dos lados). Seu conteúdo e suas mensagens (racionais ou emocionais) seriam transmitidos por outros meios, como por exemplo microfilmes e fitas gravadas.

A televisão transformaria o mundo todo em uma grande "aldeia" (como afirmou Marshall McLuhan), no momento em que todas as sociedades decretassem sua prioridade em relação aos textos escritos. Mas a palavra escrita dificilmente deixaria de ser considerada uma das mais importantes heranças culturais, entre todos os povos.

Através de toda a sua evolução, o livro sempre pôde ser visto como objeto cultural (manuseável, com forma entendida e interpretada em função de valores plásticos) e símbolo cultural (dotado de conteúdo, entendido e interpretado em função de valores semânticos). As duas maneiras podem fundir-se no pensamento coletivo, como um conjunto orgânico (onde texto e arte se completam, por exemplo, em um livro de arte) ou apenas como um conjunto textual (onde a mensagem escrita vem em primeiro lugar — em um livro de matemática, por exemplo).

A mensagem (racional, prática ou emocional) de um livro é sempre intelectual e pode ser revivida a cada momento. O conteúdo, estático em si, dinamiza-se em função da assimilação das palavras pelo leitor, que pode discuti-las, reafirmá-las, negá-las ou transformá-las. Por isso, o livro pode ser considerado instrumento cultural capaz de liberar informação, sons, imagens, sentimentos e ideias através do tempo e do espaço. A quantidade e a qualidade de ideias colocadas em um texto podem ser aceitas por uma sociedade, ou por ela negadas, quando entram em choque com conceitos ou normas culturalmente admitidos.

Nas sociedades modernas, em que a classe média tende a considerar o livro como sinal de *status* e cultura (erudição), os compradores utilizam-no como símbolo, mesmo desvirtuando suas funções ao transformá-lo em livro-objeto. Mas o livro é, antes de tudo, funcional — seu conteúdo é que lhe dá valor (os livros de ciências, filosofia, religião, artes, história e geografia, que representam cerca de 75% dos títulos publicados anualmente em todo o mundo).

O mundo lê mais

No século XX, o consumo e a produção de livros aumentaram progressivamente. Lançado logo após a Segunda Guerra Mundial (1939-1945), quando uma das características principais da edição de um livro era as capas entreteladas ou cartonadas, o livro de bolso constituiu um grande êxito comercial. As obras — sobretudo *best-sellers* publicados algum tempo antes em edições de luxo — passaram a ser impressas em rotativas, como as revistas, e distribuídas nas bancas de jornal. Como as tiragens elevadas permitiam preços muito baixos, essas edições de bolso popularizaram-se e ganharam importância em todo o mundo.

Até 1950, existiam somente livros de bolso destinados a pessoas de baixo poder aquisitivo; a partir de 1955, desenvolveu-se a categoria do livro de bolso "de luxo". As características principais destes últimos eram a abundância de coleções — em 1964 havia mais de duzentas, nos Estados Unidos — e a variedade de títulos, endereçados a um público intelectualmente mais refinado. A essa diversificação das categorias adiciona-se a dos pontos de venda, que passaram a abranger, além das bancas de jornal, farmácias, lojas, livrarias, etc. Assim, nos Estados Unidos, o número de títulos publicados em edições de bolso chegou a 35 mil em 1969, representando quase 35% do total dos títulos editados.

Enciclopédia Abril, vol. 7. São Paulo: Abril, 1973, p. 2840-2842.

Proposta da coleção "A obra-prima de cada autor"

"Coleção" é uma palavra há muito tempo dicionarizada e define o conjunto ou reunião de objetos da mesma natureza ou que têm alguma relação entre si. Em um sentido editorial, significa o conjunto não limitado de obras de autores diversos, publicado por uma mesma editora, sob um título geral indicativo de assunto ou área, para atendimento de segmentos definidos do mercado.

A coleção "A obra-prima de cada autor" corresponde plenamente à definição acima mencionada. Nosso principal objetivo é oferecer, em formato de bolso, a obra mais importante de cada autor, satisfazendo o leitor que procura qualidade.*

Desde os tempos mais remotos existiram coleções de livros. Em Nínive, em Pérgamo e na Anatólia existiam coleções de obras literárias de grande importância cultural. Mas nenhuma delas superou a célebre biblioteca de Alexandria, incendiada em 48 a.C. pelas legiões de Júlio César, quando estas arrasaram a cidade.

A coleção "A obra-prima de cada autor" é uma série de livros a ser composta por mais de 400 volumes, em formato de bolso, com preço altamente competitivo, e pode ser encontrada em centenas de pontos de vendas. O critério de seleção dos títulos foi o já estabelecido pela tradição e pela crítica especializada. Em sua maioria, são obras de ficção e filosofia, embora possa haver textos sobre religião, poesia, política, psicologia e obras de autoajuda. Inauguram a coleção quatro clássicos: *Dom Casmurro*, de Machado de Assis; *O Príncipe*, de Maquiavel; *Mensagem*, de Fernando Pessoa; e *O lobo do mar*, de Jack London.

Nossa proposta é fazer uma coleção quantitativamente aberta. A periodicidade é mensal. Editorialmente, sentimo-nos orgulhosos de poder oferecer a coleção "A obra-prima de cada autor" aos leitores brasileiros. Nós acreditamos no poder do livro.

---

* Atendendo a sugestões de leitores, livreiros e professores, a partir de certo número da coleção começamos a publicar, de alguns autores, outras obras além da sua obra-prima.

Apresentação

Romantismo

TAÍS GASPARETTI[1]

O Romantismo foi um movimento literário que se iniciou na Europa, no final do século XVIII.

Em oposição à objetividade, ao racionalismo e à retomada dos valores clássicos do Arcadismo, o Romantismo foi um movimento marcado por subjetividade, valorização das emoções, idealismo, individualismo, busca da liberdade de criação, espiritualidade, valorização do passado e nacionalismo.

Contexto histórico

Nascido no contexto da Revolução Francesa, o Romantismo teve início na Europa em um momento em que, em razão da falência dos impérios feudais, o poder passava das mãos da nobreza para as da burguesia. A ascensão da classe burguesa provocou então uma alteração no público consumidor de literatura, que se tornou mais popular. Assim, surgiram os primeiros folhetins nos jornais, constituídos de

---

[1] Graduada em Letras pela Unicamp, professora na rede particular e pública de ensino, redatora, *ghost writer* e revisora de textos.

uma literatura extremamente sentimentalista, com o intuito de atrair leitores.

Em Portugal, o Romantismo teve como marco a publicação do poema "Camões", de Almeida Garrett, em 1825, e no Brasil, a publicação da obra *Suspiros poéticos e saudades*, de Gonçalves de Magalhães, em 1836.

Influências

Alguns filósofos dessa época foram importantes também por influenciar a constituição dos ideais românticos e, consequentemente, o início do movimento. Dentre eles, destacamos:

Jean-Jacques Rousseau (1712-1778) — filósofo suíço considerado precursor do Romantismo. Responsável pela teoria do "bom selvagem", que postulava ideias como: "o homem é bom por natureza. É a sociedade que o corrompe" e "a maioria de nossos males é obra nossa e os evitaríamos, quase todos, conservando uma forma de viver simples, uniforme e solitária que nos era prescrita pela natureza".

Johann Gottlieb Fichte (1762-1814) — filósofo alemão que afirmava que o racionalismo era apenas uma parte do intelecto, ao lado de outros aspectos, como experiência, intuição, imaginação, entre outros. Por isso a influência aos românticos.

Friedrich Wilhelm Joseph von Schelling (1775-1854) — filósofo alemão considerado um dos mais importantes do Idealismo alemão pós-kantiano. Afirmava que "o único conhecimento possível é o que a consciência tem de si própria", assim, o único saber relevante seria o autoconhecimento, ideia relacionada ao individualismo e subjetivismo dos escritores românticos.

O autor

Nascido em 1º de maio de 1829, em Messejana, Ceará, José Martiniano de Alencar, filho do padre e, posteriormente, ilustre senador do império, José Martiniano de Alencar e Ana Josefina de Alencar, formou-se em Direito pela Faculdade de Olinda.

Antes de iniciar a vida literária, foi advogado, jornalista, deputado e ministro da justiça. Filiado ao Partido Conservador, foi diversas vezes deputado geral no Ceará, e, entre 1868 e 1870, ministro da Justiça. Desiludido com a política, passou a se dedicar exclusivamente à literatura — pela qual ganhou a notoriedade de um dos mais importantes escritores brasileiros.

Considerado o maior romancista do movimento romântico brasileiro, destacou-se por criar uma literatura própria do Brasil, nacionalista e com vocabulário e sintaxe típicos do país.

Seus romances podem ser divididos em quatro tipos: indianistas, urbanos, regionalistas e históricos.

Faleceu em 1877, aos 48 anos, deixando vasta obra.

O estilo de José de Alencar

Considerado hoje o maior romancista do movimento romântico brasileiro, José de Alencar foi, por sua vez, bastante criticado em sua época. O que explica a má aceitação de sua obra pelos críticos de seu tempo foi, em geral, a linguagem ousada que empregava, repleta de neologismos, que, segundo ele, era explicada pelo intuito de inaugurar uma linguagem efetivamente brasileira, o "nosso dialeto" — como ele chamava —, um "português americano" e uma literatura própria, que refletissem as características de seu país.

Esse intuito do autor foi realizado principalmente em seus romances indianistas: *O guarani*, publicado em 1857, *Iracema*, em 1865, e *Ubirajara*, em 1874.

No entanto, José de Alencar foi um escritor de gêneros variados. No romance, além do indianismo, destacou-se também pelo romance urbano ou de costumes, com *Diva*, *Lucíola* e *A viuvinha*; pelo romance regionalista, com *O sertanejo*, *O tronco do Ipê*, *O gaúcho* e *Til*, e pelo romance histórico, representado por *As minas de prata* e *A Guerra dos Mascates*.

José de Alencar dedicou-se também à crônica, à crítica e ao teatro, empregando também nesses gêneros traços da sua fisionomia literária e do seu talento. Neles, o estilo descritivo, a linguagem elaborada, a riqueza de detalhes e a originalidade também se manifestam genialmente.

Sobre *Iracema*

No Brasil, a primeira geração de românticos tentou adaptar o Romantismo europeu à cultura brasileira. Com a Independência, a nação buscava seus heróis formadores, os quais representariam verdadeiramente uma pátria que até então era constituída apenas por valores europeus.

Assim, para criar uma nova identidade nacional, buscaram suas bases naquilo que era próprio da cultura brasileira, que a diferenciava das nações europeias: o nativismo, a valorização da terra e do homem primitivo.

Inspirada no mito do "bom selvagem" de Rousseau, a literatura criava um herói autenticamente brasileiro: o índio. E é nesse contexto que nasce *Iracema*, cujo nome é um anagrama de América.

Com uma linguagem que procurava recriar a poesia natural da fala indígena, com suas personificações e comparações, a obra de José de Alencar narra o amor proibido entre a índia tabajara Iracema e o português Martim.

Iracema é "a virgem dos lábios de mel", guardiã do segredo da Jurema (bebida mágica utilizada nos rituais religiosos) e tinha a sua virgindade consagrada a Tupã.

Martim é o guerreiro branco, amigo dos pitiguaras – inimigos da tribo de Iracema — que representa o primeiro colonizador português do Ceará.

José de Alencar recorreu a circunstâncias históricas para criar o que a crítica viria a chamar de obra-prima: uma alegoria genial à história da colonização do Brasil pelos invasores portugueses, e, por que não dizer, à história da colonização de toda a América pelo povo europeu.

Sua lenda simboliza o encontro entre duas culturas — a indígena, representada por Iracema, e a europeia, por Martim — que originariam a brasileira, simbolizada pelo filho do casal: Moacir, o "filho da dor". Sua grandiosidade reside, antes de tudo, no projeto, ambicioso e arrojado, desenvolvido por Alencar: a criação de uma narrativa de estilo romântico que contasse a dramática história da colonização no Brasil.

Sobre *Cinco minutos*

Primeiro romance de José de Alencar, *Cinco minutos* foi publicado pela primeira vez em 1856, em folhetins de jornal, pelo *Diário do Rio de Janeiro*.

A obra é narrada em primeira pessoa pelo protagonista, que conta a sua história a uma prima. O título, *Cinco minutos*, é a razão pela qual o narrador conhece a mulher misteriosa por quem viria a se apaixonar. Em decorrência de um atraso de cinco minutos, ele perde o ônibus, tendo que aguardar o próximo. Ao tomar o seu lugar no seguinte, senta-se ao lado de uma dama com o rosto coberto por um véu. Mesmo sem ver o seu rosto e temendo que ela fosse feia, ele acaba se apaixonando.

O episódio parece banal, mas, estando inserido na primeira fase do Romantismo, é de se esperar que seja envolvido de espiritualidade e que siga uma tendência passional.

Assim é *Cinco minutos*, romance urbano da primeira fase de José de Alencar que evidencia um amor tipicamente romântico: puro, casto, duradouro e regenerador, sentido por duas almas que lutam e enfrentam obstáculos aparentemente intransponíveis para que possam concretizá-lo.

❖

Iracema

Iracema

MACHADO DE ASSIS

A escola poética, chamada escola americana, teve sempre adversários, o que não importa dizer que houvesse controvérsia pública. A discussão literária no nosso país é uma espécie de *steeplechase*, que se organiza de quando em quando; fora disso a discussão troca-se no gabinete, na rua e nas salas. Não passa daí. Nem nos parece que se deva chamar escola o movimento que atraiu as musas nacionais para o tesouro das tradições indígenas. Escola ou não, a verdade é que muita gente viu na poesia americana uma aberração selvagem, uma distração sem graça, sem gravidade. Até certo ponto tinham razão: muitos poetas, entendendo mal a musa de Gonçalves Dias e não podendo entrar no fundo do sentimento e das ideias, limitaram-se a tirar os seus elementos poéticos do vocabulário indígena; rimaram as palavras, e não passaram adiante; os adversários, assustados com a poesia desses tais, confundiram no mesmo desdém os criadores e os imitadores, e cuidaram desacreditar a ideia fulminando os intérpretes incapazes.

Erravam decerto; se a história e os costumes indianos inspiraram poetas como José Basílio, Gonçalves Dias e Magalhães, é que se podia tirar dali criações originais, inspirações novas. Que importava a invasão da turbamulta? A poesia deixa de ser a misteriosa linguagem dos espíritos, só porque alguns maus rimadores foram assentar-se ao sopé do Parnaso? O mesmo se dá com a poesia americana. Havia também outro motivo para condená-la; supunham os críticos que a vida indígena seria, de futuro, a tela exclusiva da poesia brasileira, e nisso erravam também, pois não podia entrar na ideia dos criadores obrigar a musa nacional a ir buscar todas as suas inspirações no estudo das crônicas e da língua primitiva. Esse estudo era um dos modos de exercer a poesia nacional; mas, fora dele, não está aí a própria natureza, opulenta, fulgurante, vivaz, atraindo os olhos dos poetas e produzindo páginas como as de Porto Alegre e Bernardo Guimarães?

Felizmente, o tempo vai esclarecendo os ânimos; a poesia dos caboclos está completamente nobilitada; os rimadores de palavras já não podem conseguir o descrédito da ideia, que venceu com o autor de *I-Juca-Pirama*, e acaba de vencer com o autor de *Iracema*. É deste livro que vamos falar hoje aos nossos leitores.

As tradições indígenas encerram motivos para epopeias e para églogas; podem inspirar os seus Homeros e os seus Teócritos. Há aí lutas gigantescas, audazes capitães, ilíadas sepultadas no esquecimento; o amor, a amizade, os costumes domésticos, tendo a simples natureza por teatro, oferecem à musa lírica páginas deliciosas de sentimento e de originalidade. A mesma pena que escreveu *I-Juca-Pirama* traçou o lindo monólogo de *Marabá*; o aspecto feroz do índio Cobé e a figura poética de Lindoia são filhos da mesma cabeça; as duas partes dos *Natchez* resumem do mesmo modo a dupla inspiração da fonte indígena. O poeta tem muito para escolher nessas ruínas já exploradas, mas não completamente conhecidas. O livro do Sr. José de Alencar, que é um poema em prosa, não é destinado a cantar lutas heroicas, nem cabos de guerra; se há aí algum episódio, nesse sentido, se alguma vez troa nos vales do Ceará a pocema da guerra, nem por isso o livro deixa de ser exclusivamente votado à história tocante de uma virgem indiana, dos seus amores e dos seus infortúnios. Estamos certos de que não falta ao autor de *Iracema* energia e vigor para a pintura dos vultos heroicos e das paixões guerreiras; Irapuã e Poti a esse respeito são irrepreensíveis: o poema de que o autor nos fala deve surgir à luz, e então veremos como a sua musa emboca a tuba épica; este livro, porém, limita-se a falar ao sentimento, vê-se que não pretende sair fora do coração.

Estudando profundamente a língua e os costumes dos selvagens, obrigou-se o autor a entrar mais ao fundo da poesia americana; entendia ele, e entendia bem, que a poesia americana não estava completamente achada; que era preciso prevenir-se contra um anacronismo moral, que consiste em dar ideias modernas e civilizadas aos filhos incultos da floresta. O intuito era acertado; não conhecemos a língua indígena; não podemos afirmar se o autor pôde realizar as suas promessas, no que respeita à linguagem da sociedade indiana; às suas ideias, às suas imagens; mas a verdade é que relemos atentamente o livro do Sr. José de Alencar, e o efeito que ele nos causa é exatamente o mesmo que o autor entende que se deve destinar ao poeta americano; tudo ali nos parece primitivo; a ingenuidade dos sentimentos, o pitoresco da linguagem, tudo, até a parte narrativa do livro, que nem parece obra de um poeta moderno, mas uma história de bardo indígena, contada aos irmãos, à porta da cabana, aos últimos raios do sol "que se entristece". A conclusão a tirar daqui é que o autor houve-se nisto com uma ciência e uma consciência, para as quais todos os louvores são poucos.

A fundação do Ceará, os amores de Iracema e Martim, o ódio de duas nações adversárias, eis o assunto do livro. Há um argumento histórico, sacado das crônicas, mas esse é apenas a tela que serve ao poeta; o resto é obra de imaginação. Sem perder de vista os dados colhidos nas velhas crônicas, criou o autor uma ação interessante, episódios originais e, mais que tudo, a figura bela e poética de Iracema. Apesar do valor histórico de alguns personagens, como Martim e Poti (o célebre Camarão, da guerra holandesa), a maior soma de interesse concentra-se na deliciosa filha de Araquém. A pena do cantor de *O Guarani* é feliz nas criações femininas; as mulheres dos seus livros trazem sempre um cunho de originalidade, de delicadeza e de graça, que se nos gravam logo na memória e no coração. Iracema é da mesma família. Em poucas palavras descreve o poeta a beleza física daquela Diana selvagem. Uma frase imaginosa e concisa, a um tempo, exprime tudo. A beleza moral vem depois, com o andar dos sucessos: a filha do Pajé, espécie de vestal indígena, vigia do segredo da jurema, é um complexo de graça e de paixão, de beleza e de sensibilidade, de casta reserva e de amorosa dedicação. Realça-lhe a beleza nativa a poderosa paixão do amor selvagem, do amor que procede da virgindade da natureza, participa da independência dos bosques, cresce na solidão, alenta-se do ar agreste da montanha.

Casta, reservada, na missão sagrada que lhe impõe a religião do seu pai, nem por isso Iracema resiste à invasão de um sentimento novo para ela, e que transforma a vestal em mulher. Não resiste, nem indaga: desde que os olhos de Martim se trocaram com os seus, a moça curvou a cabeça àquela doce escravidão. Se o amante a abandonasse, a selvagem iria morrer de desgosto e de saudade, no fundo do bosque, mas não oporia ao volúvel mancebo nem uma súplica nem uma ameaça. Pronta a sacrificar-se por ele, não pediria a mínima compensação do sacrifício. Não pressente o leitor, através da nossa frase inculta e sensabor, uma criação profundamente verdadeira? Não se vê, na figura de Iracema, uma perfeita combinação do sentimento humano com a educação selvagem? Eis o que é Iracema, criatura copiada da natureza, idealizada pela arte, mostrando, através da rusticidade dos costumes, uma alma própria para amar e para sentir.

Iracema é tabajara; entre a sua nação e a nação pitiguara há um ódio de séculos; Martim, aliado dos pitiguaras, andando erradio, entra no seio dos tabajaras, onde é acolhido com a franqueza própria de uma sociedade primitiva; é estrangeiro, é sagrado; a hospitalidade selvagem é descrita pelo autor com cores simples e vivas. O europeu abriga-se na cabana de Araquém, onde a solicitude de Iracema prepara-lhe algumas horas de folgada ventura. O leitor vê despontar o amor de Iracema ao contato do homem civilizado. Que simplicidade, e que interesse! Martim cede a pouco e pouco à influência invencível daquela amorosa solicitude. Um dia lembra-lhe a pátria e sente-se tomado de saudade — "Uma noiva te espera?", pergunta Iracema. O silêncio é a resposta do moço. A virgem não censura, nem suplica; dobra a cabeça sobre a espádua, diz o autor, como a tenra planta da carnaúba, quando a chuva peneira na várzea. Desculpe o autor se desfolhamos por este modo a sua obra; não escolhemos belezas, onde as belezas sobram, trazemos ao papel estes traços que nos parecem caracterizar a sua heroína, e indicar ao leitor, ainda que remotamente, a beleza da filha de Araquém.

Heroína, dissemos, e o é, decerto, naquela divina resignação. Uma noite, no seio da cabana, a virgem de Tupã torna-se esposa de Martim; cena delicadamente escrita, que o leitor adivinha sem ver. Desde então Iracema dispôs de si; a sua sorte está ligada à de Martim; o ciúme de Irapuã e a presença de Poti precipitam tudo; Poti e Martim devem partir para a terra dos pitiguaras; Iracema os conduz, como uma companheira de viagem. A esposa de Martim abandona tudo, o lar, a família, os irmãos, tudo para ir perecer ou ser feliz com o esposo. Não é o exílio; para ela o exílio seria ficar ausente do esposo, no meio dos seus. Todavia, essa resolução suprema custa-lhe sempre, não arrependimento, mas tristeza e vergonha, no dia em que, após uma batalha entre as duas nações rivais, Iracema vê o chão coalhado de sangue dos seus irmãos. Se esse espetáculo não a comovesse, ia-se a simpatia que ela nos inspira; mas o autor teve em conta que era preciso interessá-la, pelo contraste da voz do sangue e da voz do coração.

Daí em diante, a vida de Iracema é uma sucessão de delícias, até que uma circunstância fatal vem pôr termo aos seus jovens anos. A esposa de Martim concebe um filho. Que doce alegria não banha a fronte da jovem mãe! Iracema vai dar conta a Martim daquela boa--

-nova; há uma cena igual nos *Natchez*; seja-nos lícito compará-la à do poeta brasileiro.

"Quando René", diz o poeta dos *Natchez*, "teve certeza de que Celuta trazia um filho no seio, acercou-se dela com santo respeito, e abraçou-a delicadamente para não machucá-la. 'Esposa', disse ele, 'o céu abençoou as tuas entranhas'".

A cena é bela, decerto: é Chateaubriand quem fala; mas a cena de Iracema aos nossos olhos é mais feliz. A selvagem cearense aparece aos olhos de Martim, adornada de flores de maniva, trava da mão dele e diz-lhe:

> — Teu sangue já vive no seio de Iracema. Ela será mãe de teu filho.
>
> — Filho, dizes tu? — exclamou o cristão em júbilo.
>
> Ajoelhou ali, e cingindo-a com os braços, beijou o ventre fecundo da esposa.

Vê-se a beleza deste movimento, no meio da natureza viva, diante de uma filha da floresta. O autor conhece os segredos de despertar a nossa comoção por estes meios simples, naturais e belos. Que melhor adoração queria a maternidade feliz do que aquele beijo casto e eloquente? Mas tudo passa: Martim sente-se tomado de nostalgia; lembram-lhe os seus e a pátria; a selvagem do Ceará, como a selvagem da Luisiana, começa então a sentir a sua perdida felicidade. Nada mais tocante do que essa longa saudade, chorada no ermo, pela filha de Araquém, mãe desgraçada, esposa infeliz que viu um dia partir o esposo, e só chegou a vê-lo de novo quando a morte já voltava para ela os seus olhos lânguidos e tristes.

Poucas são as personagens que compõem este drama da solidão, mas os sentimentos que as movem, a ação que se desenvolve entre elas é cheia de vida, de interesse e de verdade. Araquém é a solenidade da velhice contrastando com a beleza agreste de Iracema: um patriarca do deserto, ensinando aos moços os conselhos da prudência e da sabedoria. Quando Irapuã, ardendo em ciúme pela filha do Pajé, faz romper os seus ódios contra os pitiguaras, cujo aliado era Martim, Araquém opõe-lhe a serenidade da palavra, a calma da razão. Irapuã e os episódios da guerra fazem destaque no meio do quadro sentimental que é o fundo do livro; são capítulos traçados com muito vigor, o que dá novo realce ao robusto talento do poeta.

Irapuã é o ciúme e o valor marcial; Araquém a austera sabedoria dos anos; Iracema o amor. No meio destes caracteres distintos e animados, a amizade é simbolizada em Poti. Entre os indígenas a amizade não era este sentimento, que, à força de civilizar-se, tornou-se raro; nascia da simpatia das almas, avivava-se com o perigo, repousava na abnegação recíproca; Poti e Martim são os dois amigos da lenda, votados à mútua estima e ao mútuo sacrifício.

A aliança os uniu; o contato fundiu-lhes as almas; todavia, a afeição de Poti difere da de Martim, como o estado selvagem do estado civilizado; sem deixarem de ser igualmente amigos, há em cada um deles um traço característico que corresponde à origem de ambos; a afeição de Poti tem a expressão ingênua, franca, decidida; Martim não sabe ter aquela simplicidade selvagem.

Martim e Poti sobrevivem à catástrofe de Iracema, depois de enterrá-la ao pé de um coqueiro; o pai desventurado toma o filho órfão de mãe, e arreda-se da praia cearense. Umedecem-se os olhos ante este desenlace triste e doloroso, e fecha-se o livro, dominado ainda por uma profunda impressão.

Contar todos os episódios desta lenda interessante seria tentar um resumo impossível; basta-nos afirmar que os há, em grande número, traçados por mão hábil, e todos ligados ao assunto principal. O mesmo diremos de alguns personagens secundários, como Caubi e Andira, um, jovem guerreiro, outro, guerreiro ancião, modelados pelo mesmo padrão a que devemos Poti e Araquém.

O estilo do livro é como a linguagem daqueles povos: imagens e ideias, agrestes e pitorescas, respirando ainda as auras da montanha, cintilam nas páginas de *Iracema*. Há, sem dúvida, superabundância de imagens, e o autor, com uma rara consciência literária, é o primeiro a reconhecer esse defeito. O autor emendará, sem dúvida, a obra, empregando neste ponto uma conveniente sobriedade. O excesso, porém, se pede a revisão da obra, prova em favor da poesia americana, confirmando ao mesmo tempo o talento original e fecundo do autor. Do valor das imagens e das comparações, só se pode julgar lendo o livro, e para ele enviamos os leitores estudiosos.

Tal é o livro do Sr. José de Alencar, fruto do estudo e da meditação, escrito com sentimento e consciência. Quem o ler uma vez voltará muitas mais a ele, para ouvir em linguagem animada e sentida a história melancólica da virgem dos lábios de mel. Há de viver este livro, tem em si as forças que resistem ao tempo, e dão plena fiança do futuro. É também um modelo para o cultivo da poesia americana, que, mercê de Deus, há de avigorar-se com obras de tão superior quilate. Que o autor de *Iracema* não esmoreça, mesmo a despeito da indiferença pública; o seu nome literário escreve-se hoje com letras cintilantes: *Mãe*, *Guarani*, *Diva*, *Lucíola*, e tantas outras; o Brasil tem o direito de pedir-lhe que Iracema não seja o ponto-final. Espera-se dele outros poemas em prosa. Poema lhe chamamos a este, sem curar de saber se é antes uma lenda, se um romance: o futuro chamar-lhe-á obra-prima.

❖

À terra natal um filho ausente

Meu amigo,
este livro o vai naturalmente encontrar em seu pitoresco sítio da várzea, no doce lar, a que povoa a numerosa prole, alegria e esperança do casal.

Imagino que é a hora mais ardente da sesta.

O Sol a pino dardeja raios de fogo sobre as areias natais: as aves emudecem; as plantas languem. A natureza sofre a influência da poderosa irradiação tropical, que produz o diamante e o gênio, as duas mais brilhantes expansões do poder criador.

Os meninos brincam na sombra do outão, com pequenos ossos de reses, que figuram a boiada. Era assim que eu brincava, há quantos anos, em outro sítio, não mui distante do seu. A dona da casa, terna e incansável, manda abrir o coco verde, ou prepara o saboroso creme do buriti para refrigerar o esposo, que pouco há recolheu de sua excursão pelo sítio, e agora repousa embalando-se na macia e cômoda rede.

Abra então este livrinho, que lhe chega da corte imprevisto. Percorra suas páginas para desenfastiar o espírito das cousas graves que o trazem ocupado.

Talvez me desvaneça amor do ninho, ou se iludam as reminiscências da infância avivadas recentemente. Se não, creio que, ao abrir o pequeno volume, sentirá uma onda do mesmo aroma silvestre e bravio que lhe vem da várzea. Derrama-o, a brisa que perpassou nos espatos da carnaúba e na ramagem das aroeiras em flor.

Essa onda é a inspiração da pátria que volve a ela, agora e sempre, como volve de contínuo o olhar do infante para o materno semblante que lhe sorri.

O livro é cearense. Foi imaginado aí, na limpidez desse céu de cristalino azul, e depois vazado no coração cheio das recordações vivazes de uma imaginação virgem. Escrevi-o para ser lido lá, na varanda da casa rústica ou na fresca sombra do pomar, ao doce embalo da rede, entre os múrmuros do vento que crepita na areia, ou farfalha nas palmas dos coqueiros.

Para lá, pois que é o berço seu, o envio.

Mas assim mandado por um filho ausente, para muitos estranho, esquecido talvez dos poucos amigos, e só lembrado pela incessante desafeição, qual sorte será a do livro?

Que lhe falte hospitalidade, não há temer. As auras de nossos campos parecem tão impregnadas dessa virtude primitiva, que nenhuma raça habita aí, que não a inspire com o hálito vital. Receio, sim, que o livro seja recebido como estrangeiro e hóspede na terra dos meus.

Se porém, ao abordar às plagas do Mocoripe, for acolhido pelo bom cearense, prezado de seus irmãos ainda mais na adversidade do que nos tempos prósperos, estou certo que o filho de minha alma achará na terra de seu pai a intimidade e conchego da família.

O nome de outros filhos enobrece nossa província na política e na ciência; entre eles o meu, hoje apagado, quando o trazia brilhantemente aquele que primeiro o criou. Neste momento mesmo, a espada heroica de muito bravo cearense vai ceifando no campo da batalha ampla messe de glória. Quem não pode ilustrar a terra natal, canta as suas lendas, sem metro, na rude toada de seus antigos filhos.

Acolha pois esta primeira mostra para oferecê-la a nossos patrícios a quem é dedicada.

Este pedido foi um dos motivos de lhe endereçar o livro; o outro saberá depois que o tenha lido.

Muita cousa me ocorre dizer sobre o assunto, que talvez devera antecipar à leitura da obra, para prevenir a surpresa de alguns e responder às observações ou reparos de outros.

Mas sempre fui avesso aos prólogos; em meu conceito eles fazem à obra o mesmo que o pássaro à fruta antes de colhida; roubam as primícias do sabor literário. Por isso me reservo para depois.

Na última página me encontrará de novo; então conversaremos a gosto, em mais liberdade do que teríamos neste pórtico do livro, onde a etiqueta manda receber o público com a gravidade e reverência devida a tão alto senhor.

Rio de Janeiro, maio de 1865.

José de Alencar

1

Verdes mares bravios de minha terra natal, onde canta a jandaia nas frondes da carnaúba;

Verdes mares, que brilhais como líquida esmeralda aos raios do Sol nascente, perlongando as alvas praias ensombradas de coqueiros;

Serenai, verdes mares, e alisai docemente a vaga impetuosa, para que o barco aventureiro manso resvale à flor das águas.

Onde vai a afouta jangada, que deixa rápida a costa cearense, aberta ao fresco terral a grande vela?

Onde vai como branca alcíone buscando o rochedo pátrio nas solidões do oceano?

Três entes respiram sobre o frágil lenho que vai singrando veloce, mar em fora.

Um jovem guerreiro cuja tez branca não cora o sangue americano; uma criança e um rafeiro que viram a luz no berço das florestas, e brincam irmãos, filhos ambos da mesma terra selvagem.

A lufada intermitente traz da praia um eco vibrante, que ressoa entre o marulho das vagas:

— Iracema!

O moço guerreiro, encostado ao mastro, leva os olhos presos na sombra fugitiva da terra; a espaços o olhar empanado por tênue lágrima cai sobre o jirau, onde folgam as duas inocentes criaturas, companheiras de seu infortúnio.

Nesse momento o lábio arranca d'alma um agro sorriso.

Que deixara ele na terra do exílio?

Uma história que me contaram nas lindas várzeas onde nasci, à calada da noite, quando a Lua passeava no céu argenteando os campos, e a brisa rugitava nos palmares.

Refresca o vento.

O rulo das vagas precipita. O barco salta sobre as ondas e desaparece no horizonte. Abre-se a imensidade dos mares; e a borrasca enverga, como o condor, as foscas asas sobre o abismo.

Deus te leve a salvo, brioso e altivo barco, por entre as vagas revoltas, e te poje nalguma enseada amiga. Soprem para ti as brandas auras; e para ti jaspeie a bonança mares de leite!

Enquanto vogas assim à discrição do vento, airoso barco, volva às brancas areias a saudade, que te acompanha, mas não se parte da terra onde revoa.

2

Além, muito além daquela serra, que ainda azula no horizonte, nasceu Iracema.

Iracema, a virgem dos lábios de mel, que tinha os cabelos mais negros que a asa da graúna, e mais longos que seu talhe de palmeira.

O favo da jati não era doce como seu sorriso; nem a baunilha recendia no bosque como seu hálito perfumado.

Mais rápida que a ema selvagem, a morena virgem corria o sertão e as matas do Ipu, onde campeava sua guerreira tribo, da grande nação tabajara. O pé grácil e nu, mal roçando, alisava apenas a verde pelúcia que vestia a terra com as primeiras águas.

Um dia, ao pino do Sol, ela repousava em um claro da floresta. Banhava-lhe o corpo a sombra da oiticica, mais fresca do que o orvalho da noite. Os ramos da acácia silvestre esparziam flores sobre os úmidos cabelos. Escondidos na folhagem os pássaros ameigavam o canto.

Iracema saiu do banho: o aljôfar d'água ainda a roreja, como à doce mangaba que corou em manhã de chuva. Enquanto repousa, empluma das penas do gará as flechas de seu arco, e concerta com o sabiá da mata, pousado no galho próximo, o canto agreste.

A graciosa ará, sua companheira e amiga, brinca junto dela. Às vezes sobe aos ramos da árvore e de lá chama a virgem pelo nome; outras remexe o uru de palha matizada, onde traz a selvagem seus perfumes, os alvos fios do crautá, as agulhas da juçara com que tece a renda, e as tintas de que matiza o algodão.

Rumor suspeito quebra a doce harmonia da sesta. Ergue a virgem os olhos, que o sol não deslumbra; sua vista perturba-se.

Diante dela e todo a contemplá-la, está um guerreiro estranho, se é guerreiro e não algum mau espírito da floresta. Tem nas faces o branco das areias que bordam o mar; nos olhos o azul triste das águas profundas. Ignotas armas e tecidos ignotos cobrem-lhe o corpo.

Foi rápido, como o olhar, o gesto de Iracema. A flecha embebida no arco partiu. Gotas de sangue borbulham na face do desconhecido.

De primeiro ímpeto, a mão lesta caiu sobre a cruz da espada; mas logo sorriu. O moço guerreiro aprendeu na religião de sua mãe, onde a mulher é símbolo de ternura e amor. Sofreu mais d'alma que da ferida.

O sentimento que ele pôs nos olhos e no rosto, não o sei eu. Porém a virgem lançou de si o arco e a uiraçaba, e correu para o guerreiro, sentida da mágoa que causara.

A mão que rápida ferira, estancou mais rápida e compassiva o sangue que gotejava. Depois Iracema quebrou a flecha homicida: deu a haste ao desconhecido, guardando consigo a ponta farpada.

O guerreiro falou:

— Quebras comigo a flecha da paz?

— Quem te ensinou, guerreiro branco, a linguagem de meus irmãos? Donde vieste a estas matas, que nunca viram outro guerreiro como tu?

— Venho de bem longe, filha das florestas. Venho das terras que teus irmãos já possuíram, e hoje têm os meus.

— Bem-vindo seja o estrangeiro aos campos dos tabajaras, senhores das aldeias, e à cabana de Araquém, pai de Iracema.

3

O estrangeiro seguiu a virgem através da floresta.

Quando o Sol descambava sobre a crista dos montes, e a rola desatava do fundo da mata os primeiros arrulhos, eles descobriram no vale a grande taba; e mais longe, pendurada no rochedo, à sombra dos altos juazeiros, a cabana do Pajé.

O ancião fumava à porta, sentado na esteira de carnaúba, meditando os sagrados ritos de Tupã. O tênue sopro da brisa carmeava, como frocos de algodão, os compridos e raros cabelos brancos. De imóvel que estava, sumia a vida nos olhos cavos e nas rugas profundas.

O Pajé lobrigou os dois vultos que avançavam; cuidou ver a sombra de uma árvore solitária que vinha alongando-se pelo vale fora.

Quando os viajantes entraram na densa penumbra do bosque, então seu olhar como o do tigre, afeito às trevas, conheceu Iracema e viu que a seguia um jovem guerreiro, de estranha raça e longes terras.

As tribos tabajaras, d'além Ibiapaba, falavam de uma nova raça de guerreiros, alvos como flores de borrasca, e vindos de remota plaga às margens do Mearim. O ancião pensou que fosse um guerreiro semelhante, aquele que pisava os campos nativos.

Tranquilo, esperou.

A virgem aponta para o estrangeiro e diz:

— Ele veio, pai.

— Veio bem. É Tupã que traz o hóspede à cabana de Araquém.

Assim dizendo, o Pajé passou o cachimbo ao estrangeiro; e entraram ambos na cabana.

O mancebo sentou-se na rede principal, suspensa no centro da habitação.

Iracema, acendeu o fogo da hospitalidade; e trouxe o que havia de provisões para satisfazer a fome e a sede: trouxe o resto da caça, a farinha-d'água, os frutos silvestres, os favos de mel, o vinho de caju e ananás.

Depois a virgem entrou com a igaçaba, que na fonte próxima enchera de água fresca para lavar o rosto e as mãos do estrangeiro.

Quando o guerreiro terminou a refeição, o velho Pajé apagou o cachimbo e falou:

— Vieste?

— Vim — respondeu o desconhecido.

— Bem-vindo sejas. O estrangeiro é senhor na cabana de Araquém. Os tabajaras têm mil guerreiros para defendê-lo, e mulheres sem conta para servi-lo. Dize, e todos te obedecerão.

— Pajé, eu te agradeço o agasalho que me deste. Logo que o Sol nascer, deixarei tua cabana e teus campos aonde vim perdido; mas não devo deixá-los sem dizer-te quem é o guerreiro, que fizeste amigo.

— Foi a Tupã que o Pajé serviu: ele te trouxe, ele te levará. Araquém nada fez pelo hóspede; não pergunta donde vem, e quando vai. Se queres dormir, desçam sobre ti os sonhos alegres; se queres falar, teu hóspede escuta.

O estrangeiro disse:

— Sou dos guerreiros brancos, que levantaram a taba nas margens do Jaguaribe, perto do mar, onde habitam os pitiguaras, inimigos de tua nação. Meu nome é Martim, que na tua língua quer dizer filho de guerreiro; meu sangue, o do grande povo que primeiro viu as terras de tua pátria. Já meus destroçados companheiros voltaram por mar às margens do Paraíba, de onde vieram; e o chefe, desamparado dos seus, atravessa agora os vastos sertões do Apodi. Só eu de tantos fiquei, porque estava entre os pitiguaras de Acaracu, na cabana do bravo Poti, irmão de Jacaúna, que plantou comigo a árvore da amizade. Há três sóis partimos para a caça; e perdido dos meus, vim aos campos dos tabajaras.

— Foi algum mau espírito da floresta que cegou o guerreiro branco no escuro da mata — respondeu o ancião.

A cauã piou, além, na extrema do vale. Caía a noite.

4

O Pajé vibrou o maracá, e saiu da cabana, porém o estrangeiro não ficou só.

Iracema voltara com as mulheres chamadas para servir o hóspede de Araquém, e os guerreiros vindos para obedecer-lhe.

— Guerreiro branco — disse a virgem —, o prazer embale tua rede durante a noite; e o Sol traga luz a teus olhos, alegria à tua alma.

E assim dizendo, Iracema tinha o lábio trêmulo, e úmida a pálpebra.

— Tu me deixas? — perguntou Martim.

— As mais belas mulheres da grande taba contigo ficam.

— Para elas a filha de Araquém não devia ter conduzido o hóspede à cabana do Pajé.

— Estrangeiro, Iracema não pode ser tua serva. É ela que guarda o segredo da jurema e o mistério do sonho. Sua mão fabrica para o Pajé a bebida de Tupã.

O guerreiro cristão atravessou a cabana e sumiu-se na treva.

A grande taba erguia-se no fundo do vale, iluminada pelos fachos da alegria. Rugia o maracá; ao quebro lento do canto selvagem, batia a dança em torno a rude cadência. O Pajé inspirado conduzia o sagrado tripúdio e dizia ao povo crente os segredos de Tupã.

O maior chefe da nação tabajara, Irapuã, descera do alto da serra Ibiapaba, para levar as tribos do sertão contra o inimigo pitiguara. Os guerreiros do vale festejam a vinda do chefe, e o próximo combate.

O mancebo cristão viu longe o clarão da festa; passou além e olhou o céu azul sem nuvens. A estrela morta que então brilhava sobre a cúpula da floresta, guiou seu passo firme para as frescas margens do rio das garças.

Quando ele transmontou o vale e ia penetrar na mata, surgiu o vulto de Iracema. A virgem seguira o estrangeiro como a brisa sutil que resvala sem murmurejar por entre a ramagem.

— Por que — disse ela — o estrangeiro abandona a cabana hospedeira sem levar o presente da volta? Quem fez mal ao guerreiro branco na terra dos tabajaras?

O cristão sentiu quanto era justa a queixa; e achou-se ingrato.

— Ninguém fez mal ao teu hóspede, filha de Araquém. Era o desejo de ver seus amigos que o afastava dos campos dos tabajaras. Não levava o presente da volta; mas leva em sua alma a lembrança de Iracema.

— Se a lembrança de Iracema estivesse n'alma do estrangeiro, ela não o deixaria partir. O vento não leva a areia da várzea, quando a areia bebe a água da chuva.

A virgem suspirou:

— Guerreiro branco, espera que Caubi volte da caça. O irmão de Iracema tem o ouvido sutil que pressente a boicininga entre os rumores da mata; e o olhar do oitibó que vê melhor nas trevas. Ele te guiará às margens do rio das garças.

— Quanto tempo se passará antes que o irmão de Iracema esteja de volta na cabana de Araquém?

— O Sol, que vai nascer, tornará com o guerreiro Caubi aos campos do Ipu.

— Teu hóspede espera, filha de Araquém; mas se o Sol tornando não trouxer o irmão de Iracema, ele levará o guerreiro branco à taba dos pitiguaras.

Martim voltou à cabana do Pajé.

A alva rede, que Iracema perfumara com a resina do benjoim, guardava-lhe um sono calmo e doce.

O cristão adormeceu ouvindo suspirar entre os murmúrios da floresta o canto mavioso da virgem indiana.

5

O galo da campina ergue a poupa escarlate fora do ninho. Seu límpido trinado anuncia a aproximação do dia.

Ainda a sombra cobre a terra. Já o povo selvagem colhe as redes na grande taba e caminha para o banho. O velho Pajé que velou toda a noite, falando às estrelas, conjurando os maus espíritos das trevas, entra furtivamente na cabana.

Eis retroa o boré pela amplidão do vale.

Travam das armas os rápidos guerreiros, e correm ao campo. Quando foram todos na vasta ocara circular, Irapuã, o chefe, soltou o grito de guerra:

— Tupã deu à grande nação tabajara toda esta terra. Nós guardamos as serras, donde manam os córregos, com os frescos ipus onde crescem a maniva e o algodão; e abandonamos ao bárbaro potiguara, comedor de camarão, as areias nuas do mar, com os secos tabuleiros sem água e sem florestas. Agora os pescadores da praia, sempre vencidos, deixam vir pelo mar a raça branca dos guerreiros de fogo, inimigos de Tupã. Já os emboabas estiveram no Jaguaribe; logo estarão em nossos campos; e com eles os potiguaras. Faremos nós, senhores das aldeias, como a pomba, que se encolhe em seu ninho, quando a serpente enrosca pelos galhos?

O irado chefe brande o tacape e o arremessa no meio do campo. Derrubando a fronte, cobre o rúbido olhar:

— Irapuã falou — disse.

O mais moço dos guerreiros avança:

— O gavião paira nos ares. Quando a nambu levanta, ele cai das nuvens e rasga as entranhas da vítima. O guerreiro tabajara, filho da serra, é como o gavião.

Troa e retroa a pocema da guerra.

O jovem guerreiro erguera o tacape; e por sua vez o brandiu. Girando no ar, rápida e ameaçadora, a arma do chefe passou de mão em mão.

O velho Andira, irmão do Pajé, a deixou tombar, e calcou no chão, com o pé ágil ainda e firme.

Pasma o povo tabajara da ação desusada. Voto de paz em tão provado e impetuoso guerreiro! É o velho herói, que cresceu na sanha, crescendo nos anos, é o feroz Andira quem derrubou o tacape, núncio da próxima luta?

Incertos todos e mudos escutam:

— Andira, o velho Andira, bebeu mais sangue na guerra do que já beberam cauim nas festas de Tupã, todos quantos guerreiros alumia agora a luz de seus olhos. Ele viu mais combates em sua vida, do que luas lhe despiram a fronte. Quanto crânio de potiguara escalpelou sua mão implacável, antes que o tempo lhe arrancasse o primeiro cabelo? E o velho Andira nunca temeu que o inimigo pisasse a terra de seus pais; mas alegrava-se quando ele vinha, e sentia com o faro da guerra a juventude renascer no corpo decrépito, como a árvore seca renasce com o sopro do inverno. A nação tabajara é prudente. Ela deve encostar o tacape da luta para tanger o membi da festa. Celebra, Irapuã, a vinda dos emboabas e deixa que cheguem todos aos nossos campos. Então Andira te promete o banquete da vitória.

Desabriu, enfim, Irapuã a funda cólera:

— Fica tu, escondido entre as igaçabas de vinho, fica, velho morcego, porque temes a luz do dia, e só bebes o sangue da vítima que dorme. Irapuã leva a guerra no punho de seu tacape. O terror que ele inspira voa com o rouco som do boré. O potiguara já tremeu ouvindo-o rugir na serra, mais forte que o ribombo do mar.

6

Martim vai a passo e passo por entre os altos juazeiros que cercam a cabana do Pajé.

Era o tempo em que o doce aracati chega do mar, e derrama a deliciosa frescura pelo árido sertão. A planta respira; um suave arrepio erriça a verde coma da floresta.

O cristão contempla o ocaso do Sol. A sombra, que desce dos montes e cobre o vale, penetra sua alma. Lembra-se do lugar onde nasceu, dos entes queridos que ali deixou. Sabe ele se tornará a vê-los algum dia?

Em torno carpe a natureza o dia que expira. Soluça a onda trépida e lacrimosa; geme a brisa na folhagem; e o mesmo silêncio anela de opresso.

Iracema parou em face do jovem guerreiro:

— É a presença de Iracema que perturba a serenidade no rosto do estrangeiro?

Martim pousou brandos olhos na face da virgem:

— Não, filha de Araquém: tua presença alegra, como a luz da manhã. Foi a lembrança da pátria que trouxe a saudade ao coração pressago.

— Uma noiva te espera?

O forasteiro desviou os olhos. Iracema dobrou a cabeça sobre a espádua, como a tenra palma da carnaúba, quando a chuva peneira na várzea.

— Ela não é mais doce do que Iracema, a virgem dos lábios de mel, nem mais formosa! — murmurou o estrangeiro.

— A flor da mata é formosa quando tem rama que a abrigue, e tronco onde se enlace. Iracema não vive n'alma de um guerreiro: nunca sentiu a frescura do seu sorriso.

Emudeceram ambos, com os olhos no chão, escutando a palpitação dos seios que batiam opressos.

A virgem falou enfim:

— A alegria voltará logo à alma do guerreiro branco; porque Iracema quer que ele veja antes da noite a noiva que o espera.

Martim sorriu do ingênuo desejo da filha do Pajé.

— Vem! — disse a virgem.

Atravessaram o bosque e desceram ao vale. Onde morria a falda da colina o arvoredo era basto: densa abóbada de folhagem verde-negra cobria o ádito agreste, reservado aos mistérios do rito bárbaro.

Era de jurema o bosque sagrado. Em torno corriam os troncos rugosos da árvore de Tupã; dos galhos pendiam ocultos pela rama escura os vasos do sacrifício; lastravam o chão as cinzas de extinto fogo, que servira à festa da última lua.

Antes de penetrar no recôndito sítio, a virgem que conduzia o guerreiro pela mão, hesitou, inclinando o ouvido sutil aos suspiros da brisa. Todos os ligeiros rumores da mata tinham uma voz para a selvagem filha do sertão. Nada havia porém de suspeito no intenso respiro da floresta.

Iracema fez ao estrangeiro um gesto de espera e silêncio; logo depois desapareceu no mais sombrio do bosque. O Sol ainda pairava suspenso no viso da serrania; e já noite profunda enchia aquela solidão.

Quando a virgem tornou, trazia numa folha gotas de verde e estranho licor vazadas da igaçaba, que ela tirara do seio da terra. Apresentou ao guerreiro a taça agreste:

— Bebe!

Martim sentiu perpassar nos olhos o sono da morte; porém logo a luz inundou-lhe os seios d'alma; a força exuberou em seu coração. Reviveu os dias passados melhor do que os tinha vivido: fruiu a realidade de suas mais belas esperanças.

Ei-lo que volta à terra natal, abraça a velha mãe, revê mais lindo e terno o anjo puro dos amores infantis.

Mas por que, mal de volta ao berço da pátria, o jovem guerreiro de novo deixa o teto paterno e demanda o sertão?

Já atravessa as florestas; já chega aos campos do Ipu. Busca na selva a filha do Pajé. Segue o rasto ligeiro da virgem arisca, soltando à brisa com o crebro suspiro o doce nome:

— Iracema! Iracema!...

Já a alcança e cinge-lhe o braço pelo talhe esbelto.

Cedendo a meiga pressão, a virgem reclinou-se ao peito do guerreiro, e ficou ali trêmula e palpitante como a tímida perdiz, quando o terno companheiro lhe arrufa com o bico a macia penugem.

O lábio do guerreiro suspirou mais uma vez o doce nome, e soluçou, como se chamara outro lábio amante. Iracema sentiu que sua alma se escapava para embeber-se no ósculo ardente.

A fronte reclinara, e a flor do sorriso expandia-se como o nenúfar ao beijo do sol.

Súbito a virgem tremeu; soltando-se rápida do braço que a cingia, travou do arco.

7

Iracema passou entre as árvores, silenciosa como uma sombra; seu olhar cintilante coava entre as folhas, qual frouxo raio de estrelas; ela escutava o silêncio profundo da noite e aspirava as auras sutis que aflavam.

Parou. Uma sombra resvalava entre as ramas; e nas folhas crepitava um passo ligeiro, se não era o roer de algum inseto. A pouco e pouco o tênue rumor foi crescendo e a sombra avultou.

Era um guerreiro. De um salto a virgem estava em face dele, trêmula de susto e mais de cólera.

— Iracema! — exclamou o guerreiro recuando.

— Anhangá turbou sem dúvida o sono de Irapuã, que o trouxe perdido ao bosque da jurema, onde nenhum guerreiro penetra contra a vontade de Araquém.

— Não foi Anhangá, mas a lembrança de Iracema, que turbou o sono do primeiro guerreiro tabajara. Irapuã desceu de seu ninho de águia para seguir na várzea a garça do rio. Chegou, e Iracema fugiu de seus olhos. As vozes da taba contaram ao ouvido do chefe que um estrangeiro era vindo à cabana de Araquém.

A virgem estremeceu. O guerreiro cravou nela o olhar abrasado:

— O coração aqui no peito de Irapuã ficou tigre. Pulou de raiva. Veio farejando a presa. O estrangeiro está no bosque, e Iracema o acompanhava. Quero beber-lhe o sangue todo: quando o sangue do guerreiro branco correr nas veias do chefe tabajara, talvez o ame a filha de Araquém.

A pupila negra da virgem cintilou na treva, e de seu lábio borbulhou, como gota do leite cáustico da eufórbia, um sorriso de desprezo:

— Nunca Iracema daria seu seio, que o espírito de Tupã habita só, ao guerreiro mais vil dos guerreiros tabajaras! Torpe é o morcego porque foge da luz e bebe o sangue da vítima adormecida!...

— Filha de Araquém, não assanha o jaguar! O nome de Irapuã voa mais longe que o guaná do lago, quando sente a chuva além das serras. Que o guerreiro branco venha, e o seio de Iracema se abra para o vencedor.

— O guerreiro branco é hóspede de Araquém. A paz o trouxe aos campos do Ipu, a paz o guarda. Quem ofender o estrangeiro, ofende o Pajé.

Rugiu de sanha o chefe tabajara:

— A raiva de Irapuã só ouve agora o grito de vingança. O estrangeiro vai morrer.

— A filha de Araquém é mais forte que o chefe dos guerreiros — disse Iracema travando da inúbia. — Ela tem aqui a voz de Tupã, que chama seu povo.

— Mas não chamará! — respondeu o chefe escarnecendo.

— Não, porque Irapuã vai ser punido pela mão de Iracema. Seu primeiro passo é o passo da morte.

A virgem retraiu dum salto o avanço que tomara, e vibrou o arco. O chefe cerrou ainda o punho do formidável tacape; mas pela vez primeira sentiu que pesava ao braço robusto. O golpe que deveria ferir Iracema, ainda não alçado, já lhe trespassava, a ele próprio, o coração. Conheceu quanto o varão forte é, pela sua mesma fortaleza, mais cativo das grandes paixões.

— A sombra de Iracema não esconderá sempre o estrangeiro à vingança de Irapuã. Vil é o guerreiro, que se deixa proteger por uma mulher.

Dizendo estas palavras, o chefe desapareceu entre as árvores. A virgem sempre alerta, volveu para o cristão adormecido; e velou o resto da noite a seu lado. As emoções recentes, que agitaram sua alma, a abriram ainda mais à doce afeição, que iam filtrando nela os olhos do estrangeiro.

Desejava abrigá-lo contra todo o perigo, recolhê-lo em si como em um asilo impenetrável. Acompanhando o pensamento, seus braços cingiam a cabeça do guerreiro, e a apertavam ao seio.

Mas, quando passou a alegria de o ver salvo dos perigos da noite, entrou-a mais viva inquietação, com a lembrança dos novos perigos que iam surgir.

— O amor de Iracema é como o vento dos areais; mata a flor das árvores — suspirou a virgem.

E afastou-se lentamente.

8

A alvorada abriu o dia e os olhos do guerreiro branco. A luz da manhã dissipou os sonhos da noite, e arrancou de sua alma a lembrança do que sonhara. Ficou apenas um vago sentir, como fica na moita o perfume da flor que o vento da serra desfolha na madrugada.

Não sabia onde estava.

À saída do bosque sagrado encontrou Iracema: a virgem reclinava num tronco áspero do arvoredo; tinha os olhos no chão; o sangue fugira das faces; o coração lhe tremia nos lábios, como gota de orvalho nas folhas do bambu.

Não tinha sorrisos, nem cores, a virgem indiana: não tem borbulhas, nem rosas, a acácia que o sol crestou; não tem azul, nem estrelas, a noite que enlutam os ventos.

— As flores da mata já abriram aos raios do Sol; as aves já cantaram — disse o guerreiro. — Por que só Iracema curva a fronte e emudece?

A filha do Pajé estremeceu. Assim estremece a verde palma, quando a haste frágil foi abalada; rorejam do espato as lágrimas da chuva, e os leques ciciam brandamente.

— O guerreiro Caubi vai chegar à taba de seus irmãos. O estrangeiro poderá partir com o Sol que vem nascendo.

— Iracema quer ver o estrangeiro fora dos campos dos tabajaras; então a alegria voltará a seu seio.

— A juruti, quando a árvore seca, foge do ninho em que nasceu. Nunca mais a alegria voltará ao seio de Iracema: ela vai ficar, como o tronco nu, sem ramas, nem sombras.

Martim amparou o corpo trêmulo da virgem; ela reclinou lânguida sobre o peito do guerreiro, como o tenro pâmpano da baunilha que enlaça o rijo galho do angico.

O mancebo murmurou:

— Teu hóspede fica, virgem dos olhos negros: ele fica para ver abrir em tuas faces a flor da alegria, e para sorver, como o colibri, o mel de teus lábios.

Iracema soltou-se dos braços do mancebo, e olhou-o com tristeza:

— Guerreiro branco, Iracema é filha do Pajé, e guarda o segredo da jurema. O guerreiro que possuísse a virgem de Tupã morreria.

— E Iracema?

— Pois que tu morrias!...

Esta palavra foi como um sopro de tormenta. A cabeça do mancebo vergou e pendeu sobre o peito; mas logo se ergueu.

— Os guerreiros de meu sangue trazem a morte consigo, filha dos tabajaras. Não a temem para si, não a poupam para o inimigo. Mas nunca fora do combate eles deixarão aberto o camucim da virgem na taba de seu hóspede. A verdade falou pela boca de Iracema. O estrangeiro deve abandonar os campos dos tabajaras.

— Deve — respondeu a virgem como um eco.

Depois sua voz suspirou:

— O mel dos lábios de Iracema é como o favo que a abelha fabrica no tronco da andiroba: tem na doçura o veneno. A virgem dos olhos azuis e dos cabelos do sol guarda para seu guerreiro na taba dos brancos o mel da açucena.

Martim afastou-se rápido; mas voltou lentamente. A palavra tremia em seu lábio:

— O estrangeiro partirá para que o sossego volte ao seio da virgem.

— Tu levas a luz dos olhos de Iracema, e a flor de sua alma.

Reboa longe na selva um clamor estranho. Os olhos do mancebo alongam-se.

— É o grito de alegria do guerreiro Caubi — disse a virgem. — O irmão de Iracema anuncia que é chegado aos campos dos tabajaras.

— Filha de Araquém, guia teu hóspede à cabana. É tempo de partir.

Eles caminharam par a par, como dois jovens cervos que ao pôr do sol atravessam a capoeira recolhendo ao aprisco de onde lhes traz a brisa um faro suspeito.

Quando chegavam perto dos juazeiros, viram que passava além o guerreiro Caubi, vergando os ombros robustos ao peso da caça. Iracema caminhou para ele.

O estrangeiro entrou só na cabana.

9

O sono da manhã pousava nos olhos do Pajé; como névoas de bonança pairam ao romper do dia sobre as profundas cavernas da montanha.

Martim parou indeciso, mas o rumor de seu passo penetrou no ouvido do ancião, e abalou seu corpo decrépito.

— Araquém dorme! — murmurou o guerreiro devolvendo o passo.

O velho ficou imóvel:

— O Pajé dorme porque já Tupã voltou o rosto para a terra e a luz correu os maus espíritos da treva. Mas o sono é leve nos olhos de Araquém, como o fumo do sapé no cocuruto da serra. Se o estrangeiro veio para o Pajé, fale; seu ouvido escuta.

— O estrangeiro veio, para te anunciar que parte.

— O hóspede é senhor na cabana de Araquém; todos os caminhos estão abertos para ele. Tupã o leve à taba dos seus.

Vieram Caubi e Iracema:

— Caubi voltou — disse o guerreiro tabajara. — Traz a Araquém o melhor de sua caça.

— O guerreiro Caubi é um grande caçador de montes e florestas. Os olhos de seu pai gostam de vê-lo.

O velho abriu as pálpebras e cerrou-as logo:

— Filha de Araquém, escolhe para teu hóspede o presente da volta e prepara o moquém da viagem. Se o estrangeiro precisa de guia, o guerreiro Caubi, senhor do caminho, o acompanhará.

O sono voltou aos olhos do Pajé.

Enquanto Caubi pendurava no fumeiro as peças de caça, Iracema colheu sua alva rede de algodão com franjas de penas, e acomodou-a dentro do uru de palha trançada.

Martim esperava na porta da cabana. A virgem veio a ele:

— Guerreiro, que levas o sono de meus olhos, leva a minha rede também. Quando nela dormires, falem em tua alma os sonhos de Iracema.

— Tua rede, virgem dos tabajaras, será minha companheira no deserto: venha embora, o vento frio da noite, ela guardará para o estrangeiro o calor e o perfume do seio de Iracema.

Caubi saiu para ir à sua cabana, que ainda não tinha visto depois da volta. Iracema foi preparar o moquém da viagem. Ficaram sós na cabana o Pajé, que ressonava, e o mancebo com sua tristeza.

O Sol, transmontando, já começava a declinar para o ocidente, quando o irmão de Iracema tornou da grande taba.

— O dia vai ficar triste — disse Caubi. — A sombra caminha para a noite. É tempo de partir.

A virgem pousou a mão de leve no punho da rede de Araquém.

— Ele vai! — murmuraram os lábios trêmulos.

O Pajé levantou-se em pé no meio da cabana e acendeu o cachimbo. Ele e o mancebo trocaram a fumaça da despedida.

— Bem-ido seja o hóspede, como foi bem-vindo à cabana de Araquém.

O velho andou até à porta, para soltar ao vento uma espessa baforada de tabaco; quando o fumo se dissipou no ar, ele murmurou:

— Jurupari se esconda para deixar passar o hóspede do Pajé.

Araquém voltou à rede e dormiu de novo. O mancebo tomou as armas que chegando, suspendera às varas da cabana, e dispôs-se a partir.

Adiante seguiu Caubi; a alguma distância o estrangeiro; logo após, Iracema.

Desceram a colina e entraram na mata sombria. O sabiá-do-sertão, mavioso cantor da tarde, escondido nas moitas espessas da ubaia, soltava já os prelúdios da suave endecha.

A virgem suspirou:

— A tarde é a tristeza do Sol. Os dias de Iracema vão ser longas tardes sem manhã, até que venha para ela a grande noite.

O mancebo se voltara. Seu lábio emudeceu, mas os olhos falaram. Uma lágrima correu pela face guerreira, como as umidades que durante os ardores do estio transudam da escarpa dos rochedos.

Caubi, avançando sempre, sumira-se entre a densa ramagem.

O seio da filha de Araquém arfou, como o esto da vaga que se franja de espuma e soluça. Mas sua alma, negra de tristura, teve ainda um pálido reflexo para iluminar a seca flor das faces. Assim em noite escura vem um fogo-fátuo luzir nas brancas areias do tabuleiro.

— Estrangeiro, toma o último sorriso de Iracema... e foge!

A boca do guerreiro pousou na boca mimosa da virgem. Ficaram ambos assim unidos como dois frutos gêmeos do araçá, que saíram do seio da mesma flor.

A voz de Caubi chamou o estrangeiro. Iracema abraçou, para não cair, o tronco de uma palmeira.

10

Na cabana silenciosa, medita o velho Pajé.

Iracema está apoiada no tronco rude, que serve de esteio. Os grandes olhos negros, fitos nos recortes da floresta e rasos de pranto, estão naqueles olhares longos e trêmulos enfiando e desfiando os aljôfares das lágrimas, que rorejam as faces.

A ará, pousada no jirau fronteiro, alonga para sua formosa senhora os verdes tristes olhos. Desde que o guerreiro branco pisou a terra dos tabajaras, Iracema a esqueceu.

Os róseos lábios da virgem não se abriram mais para que ela colhesse entre eles a polpa da fruta ou a papa do milho verde; nem a doce mão a afagara uma só vez, alisando a dourada penugem da cabeça.

Se repetia o mavioso nome da senhora, o sorriso de Iracema já não se voltava para ela, nem o ouvido parecia escutar a voz da companheira e amiga, que dantes tão suave era ao seu coração.

Triste dela! A gente tupi a chamava jandaia, porque sempre alegre, estrugia os campos com seu canto fremente. Mas agora, triste e muda, desdenhada de sua senhora, não parecia mais a linda jandaia, e sim o feio urutau que somente sabe gemer.

O Sol remontou a umbria das serras; seus raios douravam apenas o viso das eminências.

A surdina merencória da tarde, precedendo o silêncio da noite, começava de velar os crebros rumores do campo. Uma ave noturna, talvez iludida com a sombra mais espessa do bosque, desatou o estrídulo.

O velho ergueu a fronte calva:

— Foi o canto da inhuma que acordou o ouvido de Araquém? — disse ele admirado.

A virgem estremecera, e já fora da cabana, voltou-se para responder à pergunta do Pajé:

— É o grito de guerra do guerreiro Caubi!

Quando o segundo pio da inhuma ressoou, Iracema corria na mata, como a corça perseguida pelo caçador. Só respirou chegando à campina, que recortava o bosque, como um grande lago.

Quem seus olhos primeiro viram, Martim, estava tranquilamente sentado em uma sapopema, olhando o que passava ali. Contra, cem guerreiros tabajaras com Irapuã à frente, formavam arco. O bravo Caubi os afrontava a todos, com o olhar cheio de ira e as armas valentes empunhadas na mão robusta.

O chefe exigira a entrega do estrangeiro, e o guia respondera simplesmente:

— Matai Caubi antes.

A filha do Pajé passara como uma flecha: ei-la diante de Martim, opondo também seu corpo gentil aos golpes dos guerreiros. Irapuã soltou o bramido da onça atacada na furna.

— Filha do Pajé — disse Caubi em voz baixa —, conduz o estrangeiro à cabana: só Araquém pode salvá-lo.

Iracema voltou-se para o guerreiro branco:

— Vem!

Ele ficou imóvel.

— Se tu não vens — disse a virgem —, Iracema morrerá contigo.

Martim ergueu-se; mas longe de seguir a virgem, caminhou direito a Irapuã. Sua espada flamejou no ar.

— Os guerreiros de meu sangue, chefe, jamais recusaram combate. Se aquele que tu vês não foi o primeiro a provocá-lo, é porque seus pais lhe ensinaram a não derramar sangue na terra hospedeira.

O chefe tabajara rugiu de alegria; sua mão possante brandiu o tacape. Mas os dois campeões mal tiveram tempo de medir-se com os olhos; quando fendiam o primeiro golpe, já Caubi e Iracema estavam entre eles.

A filha de Araquém debalde rogava ao cristão, debalde o cingia nos braços buscando arrancá-lo ao combate. De seu lado Caubi em vão provocava Irapuã para atrair a si a raiva do chefe.

A um gesto de Irapuã, os guerreiros afastaram os dois irmãos; o combate prosseguiu.

De repente o rouco som da inúbia reboou pela mata; os filhos da serra estremeceram reconhecendo o estrídulo do búzio guerreiro dos pitiguaras, senhores das praias ensombradas de coqueiros. O eco vinha da grande taba, que o inimigo talvez assaltava já.

Os guerreiros precipitaram, levando por diante o chefe. Com o estrangeiro só ficou a filha de Araquém.

11

Os guerreiros tabajaras, acorridos à taba, esperavam o inimigo diante da caiçara.

Não vindo ele, saíram a buscá-lo.

Bateram as matas em torno e percorreram os campos; nem vestígios encontraram da passagem dos pitiguaras; mas o conhecido frêmito do búzio das praias tinha ressoado ao ouvido dos guerreiros da montanha; não havia duvidar.

Suspeitou Irapuã que fosse um ardil da filha de Araquém para salvar o estrangeiro, e caminhou direito à cabana do Pajé. Como trota o guará pela orla da mata, quando vai seguindo o rasto da presa escápula, assim estugava o passo o sanhudo guerreiro.

Araquém viu entrar em sua cabana o grande chefe da nação tabajara, e não se moveu. Sentado na rede, com as pernas cruzadas, escutava Iracema. A virgem referia os sucessos da tarde; avistando a figura sinistra de Irapuã, saltou sobre o arco e uniu-se ao flanco do jovem guerreiro branco.

Martim a afastou docemente de si, e promoveu o passo.

A proteção, de que o cercava, a ele guerreiro, a virgem tabajara, o desgostava.

— Araquém, a vingança dos tabajaras espera o guerreiro branco; Irapuã veio buscá-lo.

— O hóspede é amigo de Tupã: quem ofender o estrangeiro ouvirá rugir o trovão.

— O estrangeiro foi quem ofendeu a Tupã, roubando sua virgem, que guarda os sonhos da jurema.

— Tua boca mente como o ronco da jiboia — exclamou Iracema.

Martim disse:

— Irapuã é vil e indigno de ser chefe de guerreiros valentes!

O Pajé falou grave e lento:

— Se a virgem abandonou ao guerreiro branco a flor de seu corpo, ela morrerá; mas o hóspede de Tupã é sagrado: ninguém o ofenderá; Araquém o protege.

Bramiu Irapuã; o grito rouco troou nas arcas do peito, como o frêmito da sucuri na profundeza do rio.

— A raiva de Irapuã não pode mais ouvir-te, velho Pajé! Caia ela sobre ti, se ousares subtrair o estrangeiro à vingança dos tabajaras.

O velho Andira, irmão do Pajé, entrou na cabana; trazia no punho o terrível tacape; e nos olhos uma sanha ainda mais terrível.

— O morcego vem te chupar o sangue, Irapuã, se é que tens sangue e não mel nas veias, tu que ameaças em sua cabana o velho Pajé.

Araquém afastou o irmão:

— Paz e silêncio, Andira.

O Pajé desenvolvera a alta e magra estatura, como a caninana assanhada, que se enrista sobre a cauda, para afrontar a vítima em face. Afundaram-lhe as rugas; e, repuxando as peles engelhadas, esbugalharam os dentes alvos e afilados:

— Ousa um passo mais, e as iras de Tupã te esmagarão sob o peso desta mão seca e mirrada!

— Neste momento, Tupã não é contigo! — replicou o chefe.

O Pajé riu; e seu riso sinistro reboou pelo espaço como o regougo da ariranha.

— Ouve seu trovão, e treme em teu seio, guerreiro, como a terra em sua profundeza.

Araquém proferindo essa palavra terrível, avançou até o meio da cabana; ali ergueu a grande pedra e calcou o pé com força no chão: súbito, abriu-se a terra. Do antro profundo saiu um medonho gemido, que parecia arrancado das entranhas do rochedo.

Irapuã não tremeu, nem enfiou de susto; mas sentiu estremecer a luz nos olhos, e a voz nos lábios.

— O senhor do trovão é por ti; o senhor da guerra será por Irapuã — disse o chefe.

O torvo guerreiro deixou a cabana; com pouco seu grande vulto mergulhou-se nas sombras do crepúsculo.

O Pajé e seu irmão travaram a prática na porta da cabana.

Ainda surpreso do que vira, Martim não tirava os olhos da funda cava, que a planta do velho Pajé abrira no chão da cabana. Um surdo rumor, como o eco das ondas quebrando nas praias, ruidava ali.

Cismava o guerreiro cristão; ele não podia crer que o deus dos tabajaras desse a seu sacerdote tamanho poder.

Percebendo o que passava n'alma do estrangeiro, Araquém acendeu o cachimbo e travou do maracá:

— É tempo de aplacar as iras de Tupã, e calar a voz do trovão.

Disse e partiu da cabana.

Iracema achegou-se então do mancebo; levava os lábios em riso, os olhos em júbilo:

— O coração de Iracema está como o abati n'água do rio. Ninguém fará mal ao guerreiro branco na cabana de Araquém.

— Arreda-te do inimigo, virgem dos tabajaras — respondeu o estrangeiro com aspereza de voz.

Voltando brusco para o lado oposto, furtou o semblante aos olhos ternos e queixosos da virgem.

— Que fez Iracema, para que o guerreiro branco desvie seus olhos, como se ela fora o verme da terra?

As falas da virgem ressoaram docemente no coração de Martim.

Assim ressoam os murmúrios da aragem nas frondes da palmeira. Teve o mancebo desgosto de si, e pena dela.

— Não ouves tu, virgem formosa? — exclamou ele, apontando para o antro fremente.

— É a voz de Tupã!

— Teu deus falou pela boca do Pajé: "Se a virgem de Tupã abandonar ao estrangeiro a flor de seu corpo, ela morrerá!"

Iracema deixou pender a fronte abatida:

— Não é a voz de Tupã que ouve teu coração, guerreiro de longes terras, é o canto da virgem loura, que te chama!

O rumor estranho que saía das profundezas da terra apagou-se de repente: fez-se na cabana tão grande silêncio, que ouvia-se pulsar o sangue na artéria do guerreiro, e tremer o suspiro no lábio da virgem.

12

O dia enegreceu; era noite já.

O Pajé tornara à cabana; sopesando de novo a grossa laje, fechou com ela a boca do antro. Caubi chegara também da grande taba, onde com seus irmãos guerreiros se recolhera depois que bateram a floresta, em busca do inimigo pitiguara.

No meio da cabana, entre as redes armadas em quadro, estendeu Iracema a esteira da carnaúba, e sobre ela serviu os restos da caça, e a provisão de vinhos da última lua. Só o guerreiro tabajara achou sabor na ceia, porque o fel do coração que a tristeza espreme não amargurava seu lábio.

O Pajé enchia o cachimbo da erva de Tupã; o estrangeiro respirava o ar puro da noite para refrescar o sangue efervescente; a virgem destilava sua alma como o mel de um favo nos crebros soluços que lhe estalavam entre os lábios trêmulos.

Já partiu Caubi para a grande taba; o Pajé traga as baforadas do fumo, que prepara o mistério do rito sagrado.

Levanta-se no ressono da noite um grito vibrante, que remonta ao céu.

Ergue Martim a fronte e inclina o ouvido. Outro clamor semelhante ressoa. O guerreiro murmura, que o ouça a virgem e só ela:

— Escutou, Iracema, cantar a gaivota?

— Iracema escutou o grito de uma ave que ela não conhece.

— É a atiati, a garça do mar, e tu és a virgem da serra, que nunca desceu às alvas praias onde arrebentam as vagas.

— As praias são dos pitiguaras, senhores das palmeiras.

Os guerreiros da grande nação que habitava as bordas do mar, se chamavam a si mesmos pitiguaras, senhores dos vales; mas os tabajaras, seus inimigos, por escárnio os apelidavam potiguaras, comedores de camarão.

Temeu Iracema ofender o guerreiro branco; por isso falando dos pitiguaras, não lhes recusou o nome que eles haviam tomado para si.

O estrangeiro reteve por um instante a palavra no lábio prudente, enquanto refletia:

— O canto da gaivota é o grito de guerra do valente Poti, amigo de teu hóspede!

A virgem estremeceu por seus irmãos. A fama do bravo Poti, irmão de Jacaúna, subiu das ribeiras do mar ao cimo da Ibiapaba; rara é a cabana onde já não rugiu contra ele o grito da vingança, porque cada golpe do válido tacape deitou um guerreiro tabajara em seu camucim.

Cuidou Iracema que Poti vinha à frente de seus guerreiros para livrar o amigo. Era ele sem dúvida que fizera retroar o búzio das praias, no momento do combate. Foi com um tom misturado de doçura e tristeza que replicou:

— O estrangeiro está salvo; os irmãos de Iracema vão morrer, porque ela não falará.

— Despede essa tristeza de tua alma. O estrangeiro partindo-se de teus campos, virgem tabajara, não deixará neles rasto de sangue, como o tigre esfaimado.

Iracema tomou a mão do guerreiro branco e beijou-a.

— Teu sorriso, filha do Pajé, apagou a lembrança do mal que eles me querem.

Martim ergueu-se e caminhou para a porta.

— Onde vai o guerreiro branco?

— Ao encontro de Poti.

— O hóspede de Araquém não pode sair desta cabana, porque os guerreiros de Irapuã o matarão.

— Um guerreiro só pede proteção a Deus e a suas armas. Não carece que o defendam os velhos e as mulheres.

— Que vale um guerreiro só contra mil guerreiros? Valente e forte é o tamanduá, que mordem os gatos selvagens por serem muitos e o acabam. Tuas armas só chegam até onde mede a sombra de teu corpo; as armas deles voam alto e direito como o anajê.

— Todo o guerreiro tem seu dia.

— Não queres tu que morra Iracema, e queres que ela te deixe morrer!

Martim ficou perplexo.

— Iracema irá ao encontro do chefe pitiguara e trará a seu hóspede as falas do guerreiro amigo.

Saiu enfim o Pajé da sua contemplação. O maracá rugiu-lhe na destra, tiniram os guizos com o passo hirto e lento.

Chamou ele a filha de parte:

— Se os guerreiros de Irapuã vierem contra a cabana, levanta a pedra e esconde o estrangeiro no seio da terra.

— O hóspede não deve ficar só; espere que volte Iracema. Ainda não cantou a inhuma.

Tornou a sentar-se na rede o velho. A virgem partiu, cerrando a porta da cabana.

13

Avança a filha de Araquém nas trevas; para e escuta.

O grito da gaivota terceira vez ressoa a seu ouvido; vai direito ao lugar donde partiu; chega à borda de um tanque; seu olhar investiga a escuridão, e nada vê do que busca.

A voz maviosa, débil como sussurro de colibri, murmura:

— Guerreiro Poti, teu irmão branco te chama pela boca de Iracema.

Só o eco respondeu-lhe.

— A filha de teus inimigos vem a ti, porque o estrangeiro te ama, e ela ama o estrangeiro.

Fendeu-se a lisa face do lago e um vulto se mostra, que nada para a margem, e surge fora.

— Foi Martim que te mandou, pois tu sabes o nome de Poti, seu irmão na guerra.

— Fala, chefe pitiguara; o guerreiro branco espera.

— Torna a ele e diz que Poti é chegado para o salvar.

— Ele sabe; e mandou-me a ti.

— As falas de Poti sairão de sua boca para o ouvido de seu irmão.

— Espera então que Araquém parta e a cabana fique deserta; eu te guiarei à presença do estrangeiro.

— Nunca, filha dos tabajaras, um guerreiro pitiguara passou a soleira da cabana inimiga, se não foi como vencedor. Conduz aqui o guerreiro do mar.

— A vingança de Irapuã fareja em roda da cabana de Araquém. Trouxe o irmão do estrangeiro bastantes guerreiros pitiguaras para o defender e salvar?

Poti refletiu:

— Conta, virgem das serras, o que sucedeu em teus campos depois que a eles chegou o guerreiro do mar.

Referiu Iracema como a cólera de Irapuã se havia assanhado contra o estrangeiro, até que a voz de Tupã, chamado pelo Pajé, tinha acalmado seu furor:

— A raiva de Irapuã é como a andira: foge da luz e voa nas trevas.

A mão de Poti cerrou súbito os lábios da virgem; sua fala parecia um sopro:

— Suspende a voz e o respiro, virgem das florestas; o ouvido inimigo escuta na sombra.

As folhas crepitavam de manso, como se por elas passasse a fragueira nambu. Um rumor, partido da orla da mata, vinha discorrendo pelo vale.

O valente Poti, resvalando pela relva, como o ligeiro camarão, de que ele tomara o nome e a viveza, desapareceu no lago profundo. A água não soltou um murmúrio, e cerrou sobre ele sua onda límpida.

Voltou Iracema à cabana; em meio do caminho perceberam seus olhos as sombras de muitos guerreiros que rojavam pelo chão como a intanha.

Vendo-a entrar, Araquém partiu.

A virgem tabajara contou a Martim o que ouvira de Poti; o guerreiro cristão ergueu-se de um ímpeto para correr em defesa de seu irmão pitiguara. Cingiu-lhe Iracema o colo com os lindos braços:

— O chefe não carece de ti; ele é filho das águas; as águas o protegem. Mais tarde o estrangeiro escutará as falas do amigo.

— Iracema, é tempo que teu hóspede deixe a cabana do Pajé e os campos dos tabajaras. Ele não tem medo dos guerreiros de Irapuã: tem medo dos olhos da virgem de Tupã.

— Estes fugirão de ti.

— Fuja deles o estrangeiro, como o oitibó da estrela da manhã.

Martim promoveu o passo.

— Vai, guerreiro ingrato; vai matar teu irmão primeiro, depois a ti. Iracema te seguirá até aos campos alegres onde vão as sombras dos que morrem.

— Matar meu irmão, dizes tu, virgem cruel.

— Teu rasto guiará o inimigo aonde se oculta o guerreiro do vale.

O cristão estacou em meio da cabana; e ali permaneceu mudo e quedo. Iracema, receosa de fitá-lo, punha os olhos na sombra do guerreiro que a chama projetava na vetusta parede da cabana.

O cão felpudo, deitado no borralho, deu sinal de aproximar-se gente amiga. A porta entretecida dos talos da carnaúba foi aberta por fora. Caubi entrou.

— O cauim perturbou o espírito dos guerreiros; eles vêm contra o estrangeiro.

A virgem ergueu-se de um ímpeto:

— Levanta a pedra que fecha a garganta de Tupã, para que ela esconda o estrangeiro.

O guerreiro tabajara, sopesando a laje enorme, emborcou-a no chão.

— Filho de Araquém, deita-te na porta da cabana, e nunca mais te levantes da terra, se um guerreiro passar por cima de teu corpo.

Caubi obedeceu; a virgem cerrou a porta.

Decorreu breve trato. Ressoa perto o estrupido dos guerreiros; travam-se as vozes iradas de Irapuã e Caubi.

— Eles vêm; mas Tupã salvará seu hóspede.

Nesse instante, como se o deus do trovão ouvisse as palavras de sua virgem, o antro, mudo em princípio, retroou surdamente.

— Ouve! É a voz de Tupã.

Iracema cerra a mão do guerreiro e o leva à borda do antro. Somem-se ambos nas entranhas da terra.

14

Os guerreiros tabajaras, excitados com as copiosas libações do espumante cauim, se inflamam à voz de Irapuã que tantas vezes os guiou ao combate, quantas à vitória.

Aplaca o vinho a sede do corpo, mas acende outra sede maior na alma feroz. Rugem vingança contra o estrangeiro audaz que afrontando suas armas, ofende o deus de seus pais, e o chefe de guerra, o primeiro varão tabajara.

Lá tripudiam de furor, e arremetem pelas sombras; a luz vermelha do ubiratã, que brilha ao longe, os guia à cabana de Araquém. De espaço em espaço erguem-se do chão os que primeiro vieram para vigiar o inimigo.

— O Pajé está na floresta! — murmuram eles.

— E o estrangeiro? — pergunta Irapuã.

— Na cabana com Iracema.

Lança o grande chefe terrível salto; já é chegado à porta da cabana, e com ele seus valentes guerreiros.

O vulto de Caubi enche o vão da porta; suas armas guardam diante dele o espaço de um bote do maracajá.

— Vis guerreiros são aqueles que atacam em bando como os caititus. O jaguar, senhor da floresta, e o anajê, senhor das nuvens, combatem só o inimigo.

— Morda o pó a boca torpe que levanta a voz contra o mais valente guerreiro dos guerreiros tabajaras.

Proferidas estas palavras, ergue o braço de Irapuã o rígido tacape, mas estaca no ar: as entranhas da terra outra vez rugem, como rugiram, quando Araquém acordou a voz tremenda de Tupã.

Levantam os guerreiros medonho alarido, e cercando seu chefe, o arrebatam ao funesto lugar e à cólera de Tupã, contra eles concitado.

Caubi estende-se de novo na soleira da porta; seus olhos adormecem; mas o ouvido sutil vela no sono.

Emudeceu a voz de Tupã.

Iracema e o cristão perdidos nas entranhas da terra, descem à gruta profunda. Súbito, uma voz que vinha reboando pela crasta, encheu seus ouvidos:

— O guerreiro do mar escuta a fala de seu irmão?

— É Poti, o amigo de teu hóspede — disse o cristão para a virgem.

Iracema estremeceu:

— Ele fala pela boca de Tupã.

Martim respondeu enfim ao pitiguara.

— As falas de Poti entram n'alma de seu irmão.

— Nenhum outro ouvido escuta?

— Os da virgem que duas vezes em um sol defendeu a vida de teu irmão!

— A mulher é fraca, o tabajara traidor, e o irmão de Jacaúna prudente.

Iracema suspirou e pousou a cabeça no peito do mancebo:

— Senhor de Iracema, cerra seus ouvidos para que ela não ouça.

Martim repeliu docemente a gentil fronte:

— Fale o chefe pitiguara; só o escutam ouvidos amigos e fiéis.

— Tu ordenas, Poti fala. Antes que o Sol se levante na serra, o guerreiro do mar deve partir para as margens do ninho das garças; a estrela morta o guiará. Nenhum tabajara o seguirá, porque a inúbia dos pitiguaras rugirá da banda da serra.

— Quantos guerreiros pitiguaras acompanham seu chefe valente?

— Nenhum; Poti veio só. Quando os espíritos maus das florestas separaram o guerreiro do mar de seu irmão, Poti veio em seguimento do rasto. Seu coração não deixou que voltasse para chamar os guerreiros de sua taba; mas despediu o cão fiel ao grande Jacaúna.

— O chefe pitiguara está só; não deve rugir a inúbia que chamará contra si todos os guerreiros tabajaras.

— Assim é preciso para salvar o irmão branco; Poti zombará de Irapuã, como zombou quando combatiam cem contra ti.

A filha do Pajé que ouvia calada, debruçou-se ao ouvido do cristão:

— Iracema quer-te salvar e a teu irmão; ela tem seu pensamento. O chefe pitiguara é valente e audaz; Irapuã é manhoso e traiçoeiro como a acauã. Antes que chegues à floresta, cairás; e teu irmão da outra banda cairá contigo.

— Que fará a virgem tabajara para salvar o estrangeiro e seu irmão? — perguntou Martim.

— A lua das flores vai nascer. É o tempo da festa, em que os guerreiros tabajaras passam a noite no bosque sagrado, e recebem do Pajé os sonhos alegres. Quando estiverem todos adormecidos, o guerreiro branco deixará os campos de Ipu, e os olhos de Iracema, mas sua alma, não.

Martim estreitou a virgem ao seio; mas logo a repeliu. O toque de seu corpo, doce como a açucena-do-mato, e macio como o ninho do beija-flor, magoou seu coração, porque lhe recordou as palavras terríveis do Pajé.

A voz do cristão transmitiu a Poti o pensamento de Iracema; o chefe pitiguara, prudente como o tamanduá, pensou e respondeu:

— A sabedoria falou pela boca da virgem tabajara. Poti espera o nascimento da Lua.

15

Nasceu o dia e expirou.

Já brilha na cabana de Araquém o fogo, companheiro da noite. Correm lentas e silenciosas no azul do céu, as estrelas, filhas da Lua, que esperam a volta da mãe ausente.

Martim se embala docemente; e como a alva rede que vai e vem, sua vontade oscila de um a outro pensamento. Lá o espera a virgem loura dos castos afetos; aqui lhe sorri a virgem morena dos ardentes amores.

Iracema recosta-se langue ao punho da rede; seus olhos negros e fúlgidos, ternos olhos de sabiá, buscam o estrangeiro e lhe entram n'alma. O cristão sorri; a virgem palpita; como o saí, fascinado pela serpente, vai declinando o lascivo talhe, que se debruça enfim sobre o peito do guerreiro.

Já o estrangeiro a preme ao seio; e o lábio ávido busca o lábio que o espera, para celebrar nesse ádito d'alma, o himeneu do amor.

No recanto escuro o velho Pajé, imerso em funda contemplação e alheio às cousas deste mundo, soltou um gemido doloroso. Pressentira o coração o que não viram os olhos? Ou foi algum funesto presságio para a raça de seus filhos, que assim ecoou n'alma de Araquém?

Ninguém o soube.

O cristão repeliu do seio a virgem indiana. Ele não deixará o rasto da desgraça na cabana hospedeira. Cerra os olhos para não ver; e enche sua alma com o nome e a veneração de seu Deus:

— Cristo!... Cristo!...

Volta a serenidade ao seio do guerreiro branco, mas todas as vezes que seu olhar pousa sobre a virgem tabajara, ele sente correr-lhe pelas veias uma onda de ardente chama. Assim quando a criança imprudente revolve o brasido de intenso fogo, saltam as faúlhas inflamadas que lhe queimam as faces.

Fecha os olhos o cristão, mas na sombra de seu pensamento surge a imagem da virgem, talvez mais bela. Embalde chama o sono às pálpebras fatigadas; abrem-se, malgrado seu.

Desce-lhe do céu ao atribulado pensamento uma inspiração:

— Virgem formosa do sertão, esta é a última noite que teu hóspede dorme na cabana de Araquém, onde nunca viera, para teu bem e seu. Faze que seu sono seja alegre e feliz.

— Manda; Iracema te obedece. Que pode ela para tua alegria?

O cristão falou submisso, para que não o ouvisse o velho Pajé:

— A virgem de Tupã guarda os sonhos da jurema que são doces e saborosos!

Um triste sorriso pungiu os lábios de Iracema:

— O estrangeiro vai viver para sempre à cintura da virgem branca; nunca mais seus olhos verão a filha de Araquém, e ele já quer que o sono feche suas pálpebras, e que o sonho o leve à terra de seus irmãos!

— O sono é o descanso do guerreiro — disse Martim —; e o sonho a alegria d'alma. O estrangeiro não quer levar consigo a tristeza da terra hospedeira, nem deixá-la no coração de Iracema!

A virgem ficou imóvel.

— Vai, e torna com o vinho de Tupã.

Quando Iracema foi de volta, já o Pajé não estava na cabana; tirou a virgem do seio o vaso que ali trazia oculto sob a carioba de algodão entretecida de penas. Martim lho arrebatou das mãos e libou as gotas do verde e amargo licor.

Agora podia viver com Iracema, e colher em seus lábios o beijo, que ali viçava entre sorrisos, como o fruto na corola da flor. Podia amá-la, e sugar desse amor o mel e o perfume, sem deixar veneno no seio da virgem.

O gozo era vida, pois o sentia mais forte e intenso; o mal era sonho e ilusão, que da virgem não possuía senão a imagem.

Iracema afastara-se opressa e suspirosa.

Abriram-se os braços do guerreiro adormecido e seus lábios; o nome da virgem ressoou docemente.

A juruti, que divaga pela floresta, ouve o terno arrulho do companheiro; bate as asas, e voa a conchegar-se ao tépido ninho. Assim a virgem do sertão, aninhou-se nos braços do guerreiro.

Quando veio a manhã, ainda achou Iracema ali debruçada, qual borboleta que dormiu no seio do formoso cacto. Em seu lindo semblante acendia o pejo vivos rubores; e como entre os arrebóis da manhã cintila o primeiro raio do Sol, em suas faces incendidas rutilava o primeiro sorriso da esposa, aurora de fruído amor.

A jandaia fugira ao romper d'alva e para não tornar mais à cabana.

Vendo Martim a virgem unida ao seu coração, cuidou que o sonho continuava; cerrou os olhos para torná-los a abrir.

A pocema dos guerreiros, troando pelo vale, o arrancou ao doce engano: sentiu que já não sonhava, mas vivia. Sua mão cruel abafou nos lábios da virgem o beijo que ali se espanejava.

— Os beijos de Iracema são doces no sonho; o guerreiro branco encheu deles sua alma. Na vida, os lábios da virgem de Tupã, amargam e doem como o espinho da jurema.

A filha de Araquém escondeu no coração a sua ventura. Ficou tímida e inquieta, como a ave que pressente a borrasca no horizonte. Afastou-se rápida, e partiu.

As águas do rio banharam o corpo casto da recente esposa.

Tupã já não tinha sua virgem na terra dos tabajaras.

16

O alvo disco da Lua surgiu no horizonte.

A luz brilhante do Sol empalideceu a virgem do céu, como o amor do guerreiro desmaia a face da esposa.

— Jaci!... Mãe nossa!... — exclamaram os guerreiros tabajaras.

E brandindo os arcos, lançaram ao céu com a chuva das flechas o canto da lua nova:

"Vejo no céu a mãe dos guerreiros; já volta o rosto para ver seus filhos. Ela traz as águas, que enchem os rios e a polpa do caju.

"Já veio a esposa do Sol; já sorri às virgens da terra, filhas suas. A doce luz acende o amor no coração dos guerreiros e fecunda o seio da jovem mãe."

Cai a tarde.

Folgam as mulheres e os meninos na vasta ocara; os mancebos, que ainda não ganharam nome na guerra por algum feito brilhante, discorrem no vale.

Os guerreiros seguem Irapuã ao bosque sagrado, onde os espera o Pajé e sua filha para o mistério da jurema. Iracema já acendeu os fogos da alegria. Araquém está imóvel e extático no seio de uma nuvem de fumo.

Cada guerreiro que chega depõe a seus pés uma oferenda a Tupã. Traz um a suculenta caça; outro a farinha-d'água; aquele o saboroso piracém da traíra. O velho Pajé, para quem são estas dádivas, as recebe com desdém.

Quando foram todos sentados em torno do grande fogo, o ministro de Tupã ordena o silêncio com um gesto, e três vezes clamando o nome terrível, enche-se do deus, que o habita:

— Tupã!... Tupã!... Tupã!...

De grota em grota o eco ao longe repercutiu.

Vem Iracema com a igaçaba cheia do verde licor. Araquém

decreta os sonhos a cada guerreiro, e distribui o vinho da jurema, que transporta ao céu o valente tabajara.

Este, grande caçador, sonha que os veados e as pacas correm de encontro às suas flechas para se traspassarem nelas; fatigado por fim de ferir, cava na terra o bucã, e assa tamanha quantidade de caça, que mil guerreiros em um ano não acabariam.

Outro, fogoso em amores, sonha que as mais belas virgens tabajaras deixam a cabana de seus pais e o seguem cativas de seu querer. Nunca a rede de chefe algum embalou mais voluptuosas carícias, do que ele frui naquele êxtase.

O herói sonha tremendas lutas e horríveis combates, de que sai vencedor, cheio de glória e fama. O velho renasce na prole numerosa, e como o seco tronco, donde rebenta nova e robusta sebe, ainda cobre-se de flores.

Todos sentem a felicidade tão viva e contínua, que no espaço da noite cuidam viver muitas luas. As bocas murmuram; o gesto fala; e o Pajé, que tudo escuta e vê, colhe o segredo no íntimo d'alma.

Iracema, depois que ofereceu aos chefes o licor de Tupã, saiu do bosque. Não permitia o rito que ela assistisse ao sono dos guerreiros e ouvisse falar os sonhos.

Foi dali direito à cabana onde a esperava Martim:

— Toma tuas armas, guerreiro branco. É tempo de partir.

— Leva-me aonde está Poti, meu irmão.

A virgem caminhou para o vale; o cristão a seguiu. Chegaram à falda do rochedo, que ia morrer à beira do tanque, em um maciço de verdura.

— Chama teu irmão!

Soltou Martim o grito da gaivota. A pedra que fechava a entrada da gruta caiu; e o vulto do guerreiro Poti apareceu na sombra.

Os dois irmãos encostaram a fronte na fronte e o peito no peito, para exprimir que não tinham ambos mais que uma cabeça e um coração.

— Poti está contente porque vê seu irmão, que o mau espírito da floresta arrebatou de seus olhos.

— Feliz é o guerreiro que tem ao flanco um amigo como o bravo Poti; todos os guerreiros o invejarão.

Iracema suspirou, pensando que a afeição do pitiguara bastava à felicidade do estrangeiro.

— Os guerreiros tabajaras dormem. A filha de Araquém vai guiar os estrangeiros.

Seguiu a virgem adiante; os dois guerreiros após. Quando tinham andado o espaço que transpõe a garça de um voo, o chefe pitiguara tornou-se inquieto e murmurou ao ouvido do cristão:

— Manda à filha do Pajé que volte à cabana de seu pai. Ela demora a marcha dos guerreiros.

Martim estremeceu; mas a voz da prudência e da amizade penetrou em seu coração. Avançou para Iracema, e tirou do seio a voz mais terna para acalentar a saudade da virgem:

— Quanto mais afunda a raiz da planta na terra, mais custa arrancá-la. Cada passo de Iracema no caminho da partida, é uma raiz que lança no coração de seu hóspede.

— Iracema quer te acompanhar até onde acabam os campos dos tabajaras, para voltar com o sossego em seu coração.

Martim não respondeu. Continuaram a caminhar, e com eles caminhava a noite; as estrelas desmaiaram, e a frescura da alvorada alegrou a floresta. As roupas da manhã, alvas como o algodão, apareceram no céu.

Poti olhou a mata e parou. Martim compreendeu e disse a Iracema:

— Teu hóspede já não pisa os campos dos tabajaras. É o instante de separar-te dele.

17

Iracema pousou a mão no peito do guerreiro branco:

— A filha dos tabajaras já deixou os campos de seus pais; agora pode falar.

— Que segredo guardas em teu seio, virgem formosa do sertão?

— Iracema não pode mais separar-se do estrangeiro.

— Assim é preciso, filha de Araquém. Torna à cabana de teu velho pai, que te espera.

— Araquém já não tem filha.

Martim tornou com gesto rude e severo:

— Um guerreiro de minha raça jamais deixou a cabana do hóspede, viúva de sua alegria. Araquém abraçará sua filha, para não amaldiçoar o estrangeiro ingrato.

Curvou a virgem a fronte; velando-se com as longas tranças negras que se espargiam pelo colo, cruzando ao grêmio os lindos braços, recolheu em seu pudor. Assim o róseo cacto, que já desabrochou em linda flor, cerra em botão o seio perfumado.

— Iracema te acompanhará, guerreiro branco; porque ela já é tua esposa.

Martim estremeceu.

— Os maus espíritos da noite turbaram o espírito de Iracema.

— O guerreiro branco sonhava, quando Tupã abandonou sua virgem. A filha do Pajé traiu o segredo da jurema.

O cristão escondeu as faces à luz.

— Deus!... — clamou seu lábio trêmulo.

Permaneceram ambos mudos e quedos.

Afinal disse Poti:

— Os guerreiros tabajaras despertam.

O coração da virgem, como o do estrangeiro, ficou surdo à voz da prudência. O Sol levantou-se no horizonte; e o seu olhar majestoso desceu dos montes à floresta. Poti de pé, mudo e quedo, como um tronco decepado esperou que seu irmão quisesse partir.

Foi Iracema quem primeiro falou:

— Vem: enquanto não pisares as praias dos pitiguaras, tua vida corre perigo.

Martim seguiu silencioso a virgem que fugia entre as árvores como a selvagem cutia. A tristeza lhe confrangia o coração; mas a onda de perfumes que deixava na brisa a passagem da formosa tabajara, açulava o amor no seio do guerreiro. Seu passo era tardo, o peito lhe ofegava.

Poti cismava. Em sua cabeça de mancebo morava o espírito de um abaeté. O chefe pitiguara pensava que o amor é como o cauim, o qual bebido com moderação, fortalece o guerreiro, e tomado em excesso, abate a coragem do herói. Ele sabia quanto era veloz o pé do tabajara; e esperava o momento de morrer defendendo o amigo.

Quando as sombras da tarde entristeciam o dia, o cristão parou no meio da mata. Poti acendeu o fogo da hospitalidade. A virgem desdobrou a alva rede de algodão franjada de penas de tucano, e suspendeu-a aos ramos da árvore:

— Esposo de Iracema, tua rede te espera.

A filha de Araquém foi sentar-se longe, na raiz de uma árvore, como a cerva solitária, que o ingrato companheiro afugentou do aprisco. O guerreiro pitiguara desapareceu na espessura da folhagem.

Martim ficou mudo e triste, semelhante ao tronco d'árvore a que o vento arrancou o lindo cipó que o entrelaçava. A brisa perpassando levou um murmúrio:

— Iracema!

Era o balido do companheiro; a cerva arrufando-se ganhou o doce aprisco.

A floresta destilava suave fragrância e exalava arpejos harmoniosos; os suspiros do coração se difundiram nos múrmuros do deserto. Foi a festa do amor e o canto do himeneu.

Já a luz da manhã coou na selva densa. A voz grave e sonora de Poti repercutiu no sussurro da mata:

— O povo tabajara caminha na floresta!

Iracema arrancou-se dos braços que a cingiam e do lábio que a tinha cativa; saltando da rede como a rápida zabelê, travou das armas do esposo e levou-o através da mata.

De espaço a espaço, o prudente Poti escutava as entranhas da terra; sua cabeça movia-se pesada de um a outro lado, como a nuvem que se balança no cocuruto do rochedo, aos vários lufos da próxima borrasca.

— O que escuta o ouvido do guerreiro Poti?

— Escuta o passo veloz do povo tabajara. Ele vem como o tapir rompendo a floresta.

— O guerreiro pitiguara é a ema que voa sobre a terra; nós o seguiremos como suas asas — disse Iracema.

O chefe sacudiu de novo a fronte:

— Enquanto o guerreiro do mar dormia, o inimigo correu. Os que primeiro partiram já avançam além com as pontas do arco.

A vergonha mordeu o coração de Martim:

— Fuja o chefe Poti e salve Iracema. Só deve morrer o guerreiro mau, que não escutou a voz de seu irmão e o pedido de sua esposa.

Martim arrepiou o passo:

— Não foi a alma do guerreiro do mar que falou. Poti e seu irmão só têm uma vida.

O lábio de Iracema não falou; sorriu.

18

Treme a selva com o estrupido da carreira do povo tabajara.

O grande Irapuã, primeiro, assoma entre as árvores. Seu olhar rúbido viu o guerreiro branco entre nuvens de sangue; o ronco bravio do tigre rompe de seu peito cavernoso.

O chefe tabajara e seu povo iam precipitar sobre os fugitivos, como a vaga encapelada que arrebenta no Mocoripe.

Eis late o cão selvagem.

O amigo de Martim solta o grito da alegria:

— O cão de Poti guia os guerreiros de sua taba em socorro teu.

O rouco búzio dos pitiguaras estruge pela floresta. O grande Jacaúna, senhor das praias do mar, chegava do rio das garças com seus melhores guerreiros.

Os pitiguaras recebem o primeiro ímpeto do inimigo nas pontas eriçadas de suas flechas, que eles despedem do arco aos molhos, como o cuandu os espinhos do seu corpo. Logo após soa a pocema, estreita-se o espaço, e a luta se trava face a face.

Jacaúna atacou Irapuã. Prossegue o horrível combate que bastara a dez bravos, e não esgotou ainda a força dos grandes chefes. Quando os dois tacapes se encontram, a batalha toda estremece, como um só guerreiro, até as entranhas.

O irmão de Iracema veio direito ao estrangeiro, que arrancara a filha de Araquém à cabana hospitaleira; o faro da vingança o guia; a vista da irmã assanha a raiva em seu peito. O guerreiro Caubi assalta com furor o inimigo.

Iracema, unida ao flanco de seu guerreiro e esposo, viu de longe Caubi e falou assim:

— Senhor de Iracema, ouve o rogo de tua escrava; não derrama o sangue do filho de Araquém. Se o guerreiro Caubi tem de morrer, morra ele por esta mão, não pela tua.

Martim pôs no rosto da virgem olhos de horror:

— Iracema matará seu irmão?

— Iracema antes quer que o sangue de Caubi tinja sua mão que a tua; porque os olhos de Iracema veem a ti, e a ela não.

Travam a luta os guerreiros. Caubi combate com furor; o cristão defende-se apenas; mas a seta embebida no arco da esposa guarda a vida do guerreiro contra os botes do inimigo.

Poti já prostrou o velho Andira e quantos guerreiros topou na luta seu válido tacape. Martim lhe abandona o filho de Araquém e corre sobre Irapuã:

— Jacaúna é um grande chefe, seu colar de guerra dá três voltas ao peito. O tabajara pertence ao guerreiro branco.

— A vingança é a honra do guerreiro, e Jacaúna preza o amigo de Poti.

O grande chefe pitiguara levou além o formidável tacape. Renhiu-se o combate entre Irapuã e Martim. A espada do cristão batendo na clava do selvagem, fez-se em pedaços. O chefe tabajara avançou contra o peito inerme do adversário.

Iracema silvou como a boicininga; e arrojou-se contra a fúria do guerreiro tabajara. A arma rígida tremeu na destra possante do chefe e o braço caiu-lhe desfalecido.

Soava a pocema da vitória. Os guerreiros pitiguaras conduzidos por Jacaúna e Poti varriam a floresta. Fugindo, os tabajaras arrebataram seu chefe ao ódio da filha de Araquém que o podia abater, como a jandaia abate o prócero coqueiro roendo-lhe o cerne.

Os olhos de Iracema estendidos pela floresta viram o chão juncado de cadáveres de seus irmãos; e longe o bando dos guerreiros tabajaras que fugia em nuvem negra de pó. Aquele sangue que enrubescia a terra era o mesmo sangue brioso que lhe ardia nas faces de vergonha.

O pranto orvalhou seu lindo semblante.

Martim afastou-se para não envergonhar a tristeza de Iracema.

19

Poti voltou de perseguir o inimigo. Seus olhos se encheram de alegria, vendo salvo o guerreiro branco.

O cão fiel o seguia de perto, lambendo ainda nos pelos do focinho a marugem do sangue tabajara, de que se fartara; o senhor o acariciava satisfeito de sua coragem e dedicação. Fora ele quem salvara Martim, trazendo ali com tanta diligência os guerreiros de Jacaúna.

— Os maus espíritos da floresta podem separar outra vez o guerreiro branco de seu irmão pitiguara. O cão te seguirá daqui em diante, para que mesmo de longe Poti acuda a teu chamado.

— Mas o cão é teu companheiro e amigo fiel.

— Mais amigo e companheiro será de Poti, servindo mais a seu irmão que a ele. Tu o chamarás Japi; e será o pé ligeiro com que de longe corramos um para o outro.

Jacaúna deu o sinal da partida.

Os guerreiros pitiguaras caminharam para as margens alegres do rio onde bebem as garças: ali se erguia a grande taba dos senhores das várzeas.

O Sol deitou-se e de novo se levantou no céu. Os guerreiros chegaram aonde a serra quebrava para o sertão; já tinham passado aquela parte da montanha, que por ser despida de arvoredo e tosquiada como a capivara, a gente de Tupã chamava Ibiapina.

Poti levou o cristão aonde crescia um frondoso jatobá, que afrontava as árvores do mais alto píncaro da serrania, e quando batido pela rajada, parecia varrer o céu com a imensa copa.

— Neste lugar nasceu teu irmão — disse o pitiguara.

Martim estreitou ao peito o tronco amigo:

— Jatobá, que viste nascer meu irmão Poti, o estrangeiro te abraça.

— O raio te decepe, árvore do guerreiro Poti, quando seu irmão o abandonar.

Depois o chefe assim falou:

— Ainda Jacaúna não era um guerreiro, Jatobá, o maior chefe, conduzia os pitiguaras à vitória. Logo que as grandes águas correram, ele caminhou para a serra. Aqui chegando, mandou levantar a taba, para estar perto do inimigo e vencê-lo mais vezes. A mesma Lua que o viu chegar, alumiou a rede onde Saí, sua esposa, lhe deu mais um guerreiro de seu sangue. O luar passava entre as folhas do jatobá; e o sorriso pelos lábios do varão possante, que tomara seu nome e robustez.

Iracema aproximou-se.

A rola, que marisca na areia, se afasta-se o companheiro, adeja inquieta de ramo em ramo e arrulha para que lhe responda o ausente amigo. Assim a filha das florestas errara pelas encostas, modulando o singelo canto mavioso.

Martim a recebeu com a alma no semblante; e levando a esposa do lado do coração e o amigo do lado da força, voltou ao rancho dos pitiguaras.

20

A Lua cresceu.

Três sóis havia que Martim e Iracema estavam nas terras dos pitiguaras, senhores das margens do Camucim e Araracu. Os estrangeiros tinham sua rede na vasta cabana de Jacaúna. O valente chefe guardou para si o prazer de hospedar o guerreiro branco.

Poti abandonou sua taba para acompanhar seu irmão de guerra na cabana de seu irmão de sangue, e gozar dos instantes que sobejavam para a amizade, no coração do guerreiro do mar.

A sombra já se retirou da face da terra: e Martim viu que ela não se retirara ainda da face da esposa, desde o dia do combate.

— A tristeza mora n'alma de Iracema!

— A alegria para a esposa só vem de ti; quando teus olhos a deixam, as lágrimas enchem os seus.

— Por que chora a filha dos tabajaras?

— Esta é a taba dos pitiguaras, inimigos de seu povo. A vista de Iracema já conheceu o crânio de seus irmãos espetado na caiçara; seu ouvido já escutou o canto de morte dos cativos tabajaras; a mão já tocou as armas tintas do sangue de seus pais.

A esposa pousou as duas mãos nos ombros do guerreiro e reclinou ao peito dele:

— Iracema tudo sofre por seu guerreiro e senhor. A ata é doce e saborosa; mas quando a machucam, azeda. Tua esposa quer que seu amor encha teu coração das doçuras do mel.

— Volte o sossego ao seio da filha dos tabajaras; ela vai deixar a taba dos inimigos de seu povo.

O cristão caminhou para a cabana de Jacaúna. O grande chefe alegrou-se vendo seu hóspede; mas a alegria fugiu logo de sua fronte guerreira. Martim dissera:

— O guerreiro branco parte de tua cabana, grande chefe.

— Alguma cousa te faltou na taba de Jacaúna?

— Nada faltou a teu hóspede. Ele era feliz aqui; mas a voz do coração o chama a outros sítios.

— Então parte e leva o que é preciso para a viagem. Tupã te fortaleça, e traga outra vez à cabana de Jacaúna, para que ele festeje tua boa-vinda.

Poti chegou; sabendo que o guerreiro do mar ia partir, disse:

— Teu irmão te acompanha.

— Os guerreiros de Poti precisam de seu chefe.

— Se tu não queres que eles vão com Poti, Jacaúna os conduzirá à vitória.

— A cabana de Poti ficará deserta e triste.

— Deserto e triste será o coração de teu irmão longe de ti.

O guerreiro do mar deixa as margens do rio das garças, e caminha para as terras onde o Sol se deita. A esposa e o amigo seguem sua marcha.

Passam além da fértil montanha, e onde a abundância dos frutos criava grande quantidade de mosca, de que lhe veio o nome de Meruoca.

Atravessam os campos que banha o rio das garças, e avistam longe no horizonte uma alta serrania. Expira o dia; nuvem negra voa das bandas do mar: são os urubus que pastaram nas praias a carniça, e com a noite tornam ao ninho.

Os viajantes dormem aí, em Uruburetama. Com o segundo sol chegaram às margens do rio, que nasce na quebrada da serra e desce a planície, enroscando-se como uma cobra. Suas voltas contínuas enganam a cada passo o peregrino, que vai seguindo o tortuoso curso; por isso foi chamado Mundaú.

Perlongando as frescas margens, viu Martim no seguinte sol os verdes mares e alvas praias, onde as ondas murmurosas soluçam às vezes e outras raivam de fúria, rebentando em frocos de espuma.

Os olhos do guerreiro branco se dilataram pela vasta imensidade; seu peito suspirou. Esse mar beijava também as brancas areias de Potengi, seu berço natal, onde ele vira a luz americana.

Arrojou-se nas ondas e pensou banhar seu corpo nas águas da pátria, como banhara sua alma nas saudades dela.

Iracema sentiu que lhe chorava o coração; mas não tardou que o sorriso de seu guerreiro o acalentasse.

Entretanto Poti, do alto da rocha, fisgava o saboroso camoropim que brincava na pequena baía do Mundaú; e preparava o moquém para a refeição.

21

Já descia o Sol das alturas do céu.

Chegam os viajantes à foz do rio onde se criam em grande abundância as saborosas traíras; suas praias são povoadas pela tribo dos pescadores, da grande nação dos pitiguaras.

Eles receberam os estrangeiros com a hospitalidade generosa, que era uma lei de sua religião; e Poti com o respeito que merecia tão grande guerreiro, irmão de Jacaúna, maior chefe da forte gente pitiguara.

Para repousar os viajantes, e acompanhá-los na despedida, o chefe da tribo tomou Poti, Martim e Iracema na jangada, e abrindo a vela à brisa, levou-os até muito longe na costa.

Os pescadores em suas jangadas seguiam o chefe e atroavam os ares com o canto de saudade, e os múrmuros do uraçá, que imita os soluços do vento.

Além da barra da Piroquara estava mais entrada para as serras, a tribo dos caçadores. Eles ocupavam as margens do Soipé, cobertas de matas, onde os veados, as gordas pacas e os macios jacus abundavam. Assim os habitadores dessas margens lhes deram o nome de país da caça.

O chefe dos caçadores, Jaguaraçu, tinha sua cabana à beira do lago, que forma o rio perto do mar. Aí acharam os viajantes o mesmo agasalho que haviam recebido dos pescadores.

Depois que partiram do Soipé, os viajantes atravessaram o rio Taíba, em cujas margens vagavam bandos de porcos-do-mato; mais longe corria o Cauípe, onde se fabricava excelente vinho de caju.

No outro sol viram um lindo rio que surdia no mar cavando uma bacia na rocha viva.

Além assomava no horizonte um alto morro de areia que tinha a alvura da espuma do mar. O cabo sobranceiro parece a cabeça calva do condor, esperando ali a borrasca, que vem dos confins do oceano.

— Poti conhece o grande morro das areias? — perguntou o cristão.

— Poti conhece toda a terra que tem os pitiguaras, desde as margens do grande rio, que forma um braço do mar, até à margem do rio onde habita o jaguar. Ele já esteve no alto do Mocoripe; e de lá viu correr no mar as grandes igaras dos guerreiros brancos, teus inimigos, que estão no Mearim.

— Por que chamas tu Mocoripe ao grande morro das areias?

— O pescador da praia, que vai na jangada, lá onde voa a ati, fica triste, longe da terra e de sua cabana, em que dormem os filhos de seu sangue. Quando ele torna e seus olhos primeiro avistam o morro das areias, o prazer volta a seu coração. Por isso ele diz que o morro das areias dá alegria.

— O pescador diz bem; porque teu irmão ficou contente como ele, vendo o monte das areias.

Martim subiu com Poti ao cimo do Mocoripe. Iracema seguindo com os olhos o esposo, divagava como a jaçanã em torno do lindo seio, que ali fez a terra para receber o mar.

De passagem ela colhia os doces cajus, que aplacam a sede nos guerreiros, e apanhava conchas mimosas para ornar seu colo.

Os viajantes estiveram em Mocoripe três sóis. Depois Martim levou seus passos além. A esposa e o amigo tornaram à embocadura do rio cujas margens eram alagadas e cobertas de mangue. O mar entrando por ele, formava uma bacia cheia de água cristalina, e cavada na pedra como um camucim.

O guerreiro cristão, percorrendo essa paragem, começou de cismar. Até ali ele caminhava sem destino, movendo seus passos ao acaso; não tinha outra intenção mais que afastar-se das tabas dos pitiguaras para arrancar a tristeza do coração de Iracema. O cristão sabia por experiência que a viagem acalenta a saudade, porque a alma dorme enquanto o corpo caminha. Agora sentado na praia, pensava.

Veio Poti:

— O guerreiro branco pensa; o seio do irmão está aberto para receber seu pensamento.

— Teu irmão pensa que este lugar é melhor do que as margens do Jaguaribe para a taba dos guerreiros de sua raça. Nestas águas as grandes igaras que vêm de longes terras, se esconderiam do vento e do mar; daqui elas iriam ao Mearim destruir os brancos tapuias, aliados dos tabajaras, inimigos de tua nação.

O chefe pitiguara meditou e respondeu:

— Vai buscar teus guerreiros. Poti plantará sua taba junto da mairi de seu irmão.

Aproximava-se Iracema. O cristão com um gesto ordenou silêncio ao chefe pitiguara.

— A voz do esposo se cala, e seus olhos se baixam, quando chega Iracema. Queres tu que ela se afaste?

— Quer teu esposo que chegues mais perto, para que sua voz e seus olhos penetrem mais dentro de tua alma.

A formosa selvagem desfez-se em risos, como se desfaz a flor do fruto que desponta; e foi debruçar-se na espádua do guerreiro.

— Iracema te escuta.

— Estes campos são alegres, e ainda mais serão quando Iracema neles habitar. Que diz teu coração?

— O coração da esposa está sempre alegre junto de seu guerreiro e senhor.

Seguindo pela margem do rio, o cristão escolheu um lugar para levantar a cabana. Poti cortou esteios dos troncos da carnaúba; a filha de Araquém ligava os leques da palmeira para vestir o teto e as paredes; Martim cavou a terra e fabricou a porta das fasquias da taquara.

Quando veio a noite, os dous esposos armaram a rede em sua nova cabana; e o amigo no copiar que olhava para o nascente.

22

Poti saudou o amigo e falou assim:

— Antes que o pai de Jacaúna e Poti, o valente guerreiro Jatobá, mandasse sobre todos os guerreiros pitiguaras, o grande tacape da nação estava na destra de Batuireté, o maior chefe, pai de Jatobá. Foi ele que veio pelas praias do mar até o rio do jaguar, e expulsou os tabajaras para dentro das terras, marcando a cada tribo seu lugar; depois entrou pelo sertão até a serra que tomou seu nome.

Quando suas estrelas eram muitas, e tantas que seu camucim já não cabia as castanhas que marcavam o número, o corpo vergou para a terra, o braço endureceu como o galho do ubiratã que não verga; a luz dos olhos escureceu.

Chamou então o guerreiro Jatobá e disse:

— Filho, toma o tacape da nação pitiguara. Tupã não quer que Batuireté o leve mais à guerra, pois tirou a força de seu corpo, o movimento do seu braço e a luz de seus olhos. Mas Tupã foi bom para ele, pois lhe deu um filho como o guerreiro Jatobá.

Jatobá empunhou o tacape dos pitiguaras. Batuireté tomou o bordão de sua velhice e caminhou. Foi atravessando os vastos sertões, até os campos viçosos onde correm as águas que vêm das bandas da noite. Quando o velho guerreiro arrastava o passo pelas margens, e a sombra de seus olhos não lhe deixava que visse mais os frutos nas árvores ou os pássaros no ar, ele dizia em sua tristeza: — Ah! meus tempos passados!

A gente que o ouvia chorava a ruína do grande chefe; e desde então passando por aqueles lugares, repetia suas palavras; donde veio chamar-se o rio e os campos, Quixeramobim.

Batuireté veio pelo caminho das garças até aquela serra que tu vês longe, e onde primeiro habitou. Lá no píncaro, o velho guerreiro fez seu ninho alto como o gavião, para encher o resto de seus dias, conversando com Tupã. Seu filho já dorme embaixo da terra, e ele ainda na outra lua cismava na porta de sua cabana, esperando a noite que traz o grande sono. Todos os chefes pitiguaras, quando acordam à voz da guerra, vão pedir ao velho que lhes ensine a vencer, porque nenhum outro guerreiro jamais soube como ele combater. Assim as tribos não o chamam mais pelo nome, senão o grande sabedor da guerra, Maranguab.

O chefe Poti vai à serra ver seu grande avô; mas antes que o dia morra, ele estará de volta na cabana de seu irmão. Tens tu outra vontade?

— O guerreiro branco te acompanha para abraçar o grande chefe dos pitiguaras, avô de seu irmão, e dizer ao ancião que ele renasceu no filho de seu filho.

Martim chamou Iracema; e partiram ambos guiados pelo pitiguara para a serra do Maranguab, que se levantava no horizonte. Foram seguindo o curso do rio até onde nele entrava o ribeiro de Pirapora.

A cabana do velho guerreiro estava junto das formosas cascatas, onde salta o peixe no meio dos borbotões de espuma. As águas ali são frescas e macias, como a brisa do mar, que passa entre as palmas dos coqueiros, nas horas da calma.

Batuireté estava sentado sobre uma das lapas da cascata; e o sol ardente caía sobre sua cabeça, nua de cabelos e cheia de rugas como o jenipapo. Assim dorme o jaburu na borda do lago.

— Poti é chegado à cabana do grande Maranguab, pai de Jatobá, e trouxe seu irmão branco para ver o maior guerreiro das nações.

O velho soabriu as pesadas pálpebras, e passou do neto ao estrangeiro um olhar baço. Depois o peito arquejou e os lábios murmuraram:

— Tupã quis que estes olhos vissem antes de se apagarem, o gavião branco junto da narceja.

O abaeté derrubou a fronte aos peitos, e não falou mais, nem mais se moveu.

Poti e Martim julgaram que ele dormia e se afastaram com respeito para não perturbar o repouso de quem tanto obrara na longa vida. Iracema, que se banhava na próxima cachoeira, veio-lhes ao encontro, trazendo na folha da taioba favos de mel puríssimo.

Discorreram os amigos pelas floridas encostas até que as sombras da montanha se estenderam pelo vale. Tornaram então ao lugar onde tinham deixado o Maranguab.

O velho ainda lá estava na mesma atitude, com a cabeça derrubada ao peito e os joelhos encostados à fronte. As formigas subiam-lhe pelo corpo; e os tuins adejavam em torno e pousavam-lhe na calva.

Poti pôs a mão no crânio do ancião e conheceu que era finado; o guerreiro morrera de velhice. Então o chefe pitiguara entoou o canto da morte; e foi à cabana buscar o camucim que transbordava com as castanhas do caju. Martim contou cinco vezes cinco mãos.

Entretanto Iracema colhia na floresta a andiroba, para ungir o corpo do velho que a mão piedosa do neto encerrou no camucim. O vaso fúnebre ficou suspenso ao teto da cabana.

Depois que plantou urtiga à porta, para defender contra os animais a oca abandonada, Poti despediu-se triste daqueles sítios, e tornou com seus companheiros à borda do mar.

A serra onde estava outrora a cabana tomou o nome de Maranguape; assim chamada porque aí repousa o sabedor da guerra.

23

Quatro luas tinham alumiado o céu depois que Iracema deixara os campos do Ipu; e três depois que ela habitava nas praias do mar a cabana de seu esposo.

A alegria morava em sua alma. A filha dos sertões era feliz, como a andorinha que abandona o ninho de seus pais, e peregrina para fabricar novo ninho no país onde começa a estação das flores. Também Iracema achara ali nas praias do mar um ninho do amor, nova pátria para seu coração.

Como o colibri borboleteando entre as flores da acácia, ela discorria as amenas campinas. A luz da manhã já a encontrava suspensa ao ombro do esposo e sorrindo, como a enrediça que entrelaça o tronco robusto, e todas as manhãs o coroa de nova grinalda.

Martim partia para a caça com Poti. A virgem separava-se dele então, para sentir ainda mais ardente o desejo de vê-lo.

Perto havia uma formosa lagoa no meio de verde campina. Para lá volvia a selvagem o ligeiro passo. Era a hora do banho da manhã; atirava-se à água, e nadava com as garças brancas e as vermelhas jaçanãs.

Os guerreiros pitiguaras, que apareciam por aquelas paragens, chamavam essa lagoa Porangaba, ou lagoa da beleza, porque nela se banhava Iracema, a mais bela filha da raça de Tupã.

E desde esse tempo as mães vinham de longe mergulhar suas filhas nas águas da Porangaba, que tinha a virtude de dar formosura às virgens e fazê-las amadas pelos guerreiros.

Depois do banho, Iracema divagava até as faldas da serra do Maranguab, onde nascia o ribeiro das marrecas, o Jereraú. Ali cresciam na frescura e na sombra as frutas mais saborosas de todo o país; delas fazia a virgem copiosa provisão, e esperava embalando-se nas ramas do maracujá, que Martim tornasse da caça.

Outras vezes não era a Jereraú que a levava sua vontade, mas do oposto lado, a Sapiranga, cujas águas inflamavam os olhos, como diziam os pajés. Cerca daí havia um bosque frondoso de muritis, que formavam no meio do tabuleiro uma grande ilha de formosas palmeiras.

Iracema gostava do Muritiapuá, onde o vento suspirava docemente; ali espolpava ela o vermelho coco, para fabricar a bebida refrigerante, adoçada com o mel da abelha; e enchia dela a igaçaba, destinada a estancar a sede dos guerreiros durante a maior calma do dia.

Uma manhã Poti guiou Martim à caça. Caminharam para uma serra, que se levanta ao lado da outra do Maranguab, sua irmã. O alto cabeço se curva à semelhança do bico adunco da arara; pelo que os guerreiros a chamaram Aratanha. Eles subiram pela encosta da Guaiúba por onde as águas descem para o vale, e foram até o córrego habitado pelas pacas.

Só havia sol no bico da arara, quando os caçadores desceram de Pacatuba ao tabuleiro. De longe viram Iracema, que viera esperá-los à margem de sua lagoa da Porangaba. Caminhava para eles com o passo altivo da garça que passeia à beira d'água: por cima da carioba trazia uma cintura das flores da maniva, que era o símbolo da fecundidade. Colar das mesmas cingia-lhe o colo e ornava os rijos seios palpitantes.

Travou da mão do esposo, e a impôs no regaço:

— Teu sangue já vive no seio da Iracema. Ela será mãe de teu filho.

— Filho, dizes tu? — exclamou o cristão em júbilo.

Ajoelhou ali e cingindo-a com os braços, beijou o seio fecundo da esposa.

Quando ele ergueu-se, Poti falou:

— A felicidade do mancebo é a esposa e o amigo; a primeira dá alegria, o segundo dá força. O guerreiro, sem a esposa, é como a árvore sem folhas nem flores: nunca ela verá o fruto. O guerreiro sem amigo, é como a árvore solitária que o vento açouta no meio do campo: o fruto dela nunca amadurece. A felicidade do varão é a prole, que nasce dele e faz seu orgulho; cada guerreiro que sai de suas veias é mais um galho que leva seu nome às nuvens, como a grimpa do cedro. Amado de Tupã é o guerreiro que tem uma esposa, um amigo e muitos filhos; ele nada mais deseja senão a morte gloriosa.

Martim uniu o peito ao peito de Poti:

— O coração do esposo e do amigo falou por tua boca. O guerreiro branco é feliz, chefe dos pitiguaras, senhores das praias do mar; a felicidade nasceu para ele na terra das palmeiras, onde recende a baunilha; e foi gerada no sangue de tua raça, que tem no rosto a cor do sol. O guerreiro branco não quer mais outra pátria, senão a pátria de seu filho e de seu coração.

Ao romper d'alva, Poti partiu para colher as sementes de crajuru, que dão a bela tinta vermelha, e a casca do angico, de onde se extrai a cor negra mais lustrosa. De caminho sua flecha certeira abateu o pato selvagem que plainava nos ares. O guerreiro arrancou das asas as longas penas, e subindo ao Mocoripe, rugiu a inúbia. A refega que vinha do mar levou longe, bem longe, o rouco som.

O búzio dos pescadores do Trairi e a trombeta dos caçadores do Soipé responderam.

Martim banhou-se n'água do rio e passeou na praia para secar o corpo ao vento e ao sol. Ao seu lado ia Iracema e apanhava o âmbar amarelo, que o mar arrojava. Todas as noites a esposa perfumava seu corpo e a alva rede, para que o amor do guerreiro se deleitasse nela.

Voltou Poti.

24

Foi costume da raça, filha de Tupã, que o guerreiro trouxesse no corpo as cores de sua nação.

Traçavam em princípio negras riscas sobre o corpo, à semelhança do pelo do coati, de onde procedeu o nome dessa arte da pintura guerreira. Depois variaram as cores e muitos guerreiros costumavam escrever os emblemas de seus feitos.

O estrangeiro, tendo adotado a pátria da esposa e do amigo, devia passar por aquela cerimônia, para tornar-se um guerreiro vermelho, filho de Tupã. Nessa intenção fora Poti se prover dos objetos necessários.

Iracema preparou as tintas. O chefe, embebendo as ramas da pluma, traçou pelo corpo os riscos vermelhos e pretos, que ornavam a grande nação pitiguara. Depois pintou na fronte uma flecha e disse:

— Assim como a seta traspassa o duro tronco, assim o olhar do guerreiro penetra n'alma dos povos.

No braço pintou um gavião:

— Assim como o anajê cai das nuvens, assim cai o braço do guerreiro sobre o inimigo.

No pé esquerdo pintou a raiz do coqueiro:

— Assim como a pequena raiz agarra na terra o alto coqueiro, o pé firme do guerreiro sustenta seu corpo robusto.

No pé direito pintou uma asa:

— Assim como a asa do majoí rompe os ares, o pé veloz do guerreiro não tem igual na corrida.

Iracema tomou a rama da pena e pintou uma abelha sobre folha de árvore; sua voz ressoou entre sorrisos:

— Assim como a abelha fabrica o mel no coração negro do jacarandá, a doçura está no peito do mais valente guerreiro.

Martim abriu os braços e os lábios para receber corpo e alma da esposa.

— Meu irmão é um grande guerreiro da nação pitiguara: ele precisa de um nome na língua de sua nação.

— O nome de teu irmão está em seu corpo, onde o pôs tua mão.

— Coatiabo! — exclamou Iracema.

— Tu disseste; eu sou o guerreiro pintado; o guerreiro da esposa e do amigo.

Poti deu a seu irmão o arco e o tacape, que são as armas nobres do guerreiro. Iracema havia tecido para ele o cocar e a araçoia, ornatos dos chefes ilustres.

A filha de Araquém foi buscar à cabana as iguarias do festim e os vinhos de jenipapo e mandioca. Os guerreiros beberam copiosamente e trançaram as danças alegres. Durante que volviam em torno dos fogos da alegria, ressoavam as canções.

Poti cantava:

— Como a cobra que tem duas cabeças em um só corpo, assim é a amizade de Coatiabo e Poti.

Acudiu Iracema:

— Como a ostra que não deixa o rochedo, ainda depois de morta, assim é Iracema junto a seu esposo.

Os guerreiros disseram:

— Como o jatobá na floresta, assim é o guerreiro Coatiabo entre o irmão e a esposa: seus ramos abraçam os ramos do ubiratã, e sua sombra protege a relva humilde.

Os fogos da alegria arderam até que veio a manhã; e com eles durou o festim dos guerreiros.

25

A alegria ainda morou na cabana, todo o tempo que as espigas de milho levaram a amarelecer.

Uma alvorada, caminhava o cristão pela borda do mar. Sua alma estava cansada.

O colibri sacia-se de mel e perfume; depois adormece em seu branco ninho de cotão, até que volta no outro ano a lua das flores. Como o colibri, a alma do guerreiro também satura-se de felicidade e carece de sono e repouso.

A caça e as excursões pela montanha em companhia do amigo, as carícias da terna esposa que o esperavam na volta, e o doce carbeto no copiar da cabana, já não acordavam nele as emoções de outrora. Seu coração ressonava.

Quando Iracema brincava pela praia, os olhos do guerreiro retiravam-se dela para se estenderem pela imensidade dos mares.

Viram umas asas brancas, que adejavam pelos campos azuis. Conheceu o cristão que era uma grande igara de muitas velas, como construíam seus irmãos; e a saudade da pátria apertou-lhe no seio.

Alto ia o Sol; e o guerreiro na praia seguia com os olhos as asas brancas que fugiam. Debalde a esposa o chamou à cabana, debalde ofereceu a seus olhos as graças dela e os frutos melhores do campo. Não se moveu o guerreiro, senão quando a vela sumiu-se no horizonte.

Poti voltou da serra, onde pela primeira vez fora só. Tinha deixado a serenidade na fronte de seu irmão e achava ali a tristeza. Martim saiu-lhe ao encontro:

— A igara grande do branco tapuia passou no mar. Os olhos de teu irmão a viram, que voava para as margens do Mearim, onde estão os aliados dos tupinambás, inimigos de tua e minha raça.

— Poti é senhor de mil arcos; se é teu desejo ele te acompanhará com seus guerreiros às margens do Mearim para vencer o tapuitinga e seu amigo, o pérfido tupinambá.

— Quando for tempo, teu irmão te dirá.

Os guerreiros entraram na cabana, onde estava Iracema. A maviosa canção nesse dia tinha emudecido nos lábios da esposa. Ela tecia, suspirando, a franja da rede materna, mais larga e espessa que a rede do himeneu.

Poti, que a viu tão ocupada, falou:

— Quando a sabiá canta, é o tempo do amor; quando emudece, fabrica o ninho para sua prole: é o tempo do trabalho.

— Meu irmão fala como a rã quando anuncia a chuva; mas a sabiá que faz seu ninho, não sabe se dormirá nele.

A voz de Iracema gemia. Seu olhar buscou o esposo. Martim pensava: as palavras de Iracema passaram por ele, como a brisa pela face lisa da rocha, sem eco nem rumores.

O Sol brilhava sempre sobre as praias do mar, e as areias refletiam os raios ardentes; mas nem a luz que vinha do céu, nem a luz que refletia da terra, espancaram a sombra n'alma do cristão. Cada vez o crepúsculo era maior em sua fronte.

Chegou das margens do rio das garças um guerreiro pitiguara, mandado por Jacaúna a seu irmão Poti. Ele veio seguindo o rasto dos viajantes até o Trairi, onde os pescadores o guiaram à cabana.

Poti estava só no copiar; ergueu-se e abaixou a fronte para escutar com respeito e gravidade as palavras que lhe mandava seu irmão pela boca do mensageiro:

— O tapuitinga, que estava no Mearim, veio pelas matas até o princípio da Ibiapaba, onde fez aliança com Irapuã, para combater a nação pitiguara. Eles vão descer da serra às margens do rio em que bebem as garças, e onde tu levantaste a taba de teus guerreiros. Jacaúna te chama para defender os campos de nossos pais: teu povo carece de seu maior guerreiro.

— Volta às margens do Acaracu, e teu pé não descanse enquanto não pisar o chão da cabana de Jacaúna. Quando aí estiveres, dize ao grande chefe: "Teu irmão é chegado à taba de seus guerreiros". E tu não mentirás.

O mensageiro partiu.

Poti vestiu suas armas e caminhou para a várzea, guiado pelo passo de Coatiabo. Ele o encontrou muito além, vagando entre os canaviais que bordam as margens de Aquiraz.

— O branco tapuia está na Ibiapaba para ajudar os tabajaras a combater contra Jacaúna. Teu irmão corre a defender a terra de seus filhos, e a taba onde dorme o camucim de seu pai. Ele saberá vencer depressa para voltar à tua presença.

— Teu irmão parte contigo. Nada separa dois guerreiros amigos quando troa a inúbia da guerra.

— Tu és grande como o mar e bom como o céu.

Abraçaram-se, e partiram com o rosto para as bandas do nascente.

26

Caminhando, caminhando, chegaram os guerreiros à margem de um lago que havia nos tabuleiros.

O cristão parou de repente e voltou o rosto para as bandas do mar: a tristeza saiu de seu coração e subiu à fronte.

— Meu irmão — disse o chefe —, teu pé criou raiz na terra do amor; fica: Poti voltará breve.

— Teu irmão te acompanha — ele disse —, e sua palavra é como a seta de teu arco: quando soa, é chegada.

— Queres tu que Iracema te acompanhe às margens do Acaracu?

— Nós vamos combater seus irmãos. A taba dos pitiguaras não terá para ela mais que tristeza e dor. A filha dos tabajaras deve ficar.

— Que esperas então?

— Teu irmão se aflige porque a filha dos tabajaras pode ficar triste e abandonar a cabana, sem esperar por sua volta. Antes de partir, ele queria sossegar o espírito da esposa.

Poti refletiu:

— As lágrimas da mulher amolecem o coração do guerreiro, como o orvalho da manhã amolece a terra.

— Meu irmão é um grande sabedor. O esposo deve partir sem ver Iracema.

O cristão avançou, Poti mandou-lhe que esperasse: da aljava de setas que Iracema emplumara de penas vermelhas e pretas e suspendera aos ombros do esposo, tirou uma.

O chefe pitiguara vibrou o arco; a seta rápida atravessou um goiamum que discorria pelas margens do lago; só parou onde a pluma não a deixou mais entrar.

Fincou o guerreiro no chão a flecha, com a presa atravessada, e tornou para Coatiabo:

— Podes partir. Iracema seguirá teu rasto; chegando aqui, verá tua seta, e obedecerá à tua vontade.

Martim sorriu; e quebrando um ramo do maracujá, a flor da lembrança, o entrelaçou na haste da seta, e partiu enfim seguido por Poti.

Breve desapareceram os dois guerreiros entre as árvores. O calor do Sol já tinha secado seus passos na beira do lago. Iracema inquieta, veio pela várzea, seguindo o rasto do esposo até o tabuleiro. As sombras doces vestiam os campos quando ela chegou à beira do lago.

Seus olhos viram a seta do esposo fincada no chão, o goiamum trespassado, o ramo partido, e encheram-se de pranto.

— Ele manda que Iracema ande para trás, como o goiamum, e guarde sua lembrança, como o maracujá guarda sua flor todo o tempo até morrer.

A filha dos tabajaras retraiu os passos lentamente, sem volver o corpo, nem tirar os olhos da seta de seu esposo; depois tornou à cabana. Aí sentada à soleira, com a fronte nos joelhos esperou, até que o sono acalentou a dor em seu peito.

Apenas alvorou o dia, ela moveu o passo rápido para a lagoa, e chegou à margem. A flecha lá estava como na véspera: o esposo não tinha voltado.

Desde então à hora do banho, em vez de buscar a lagoa da beleza, onde outrora tanto gostara de nadar, caminhava para aquela, que vira seu esposo abandoná-la. Sentava-se junto à flecha, até que descia a noite; então recolhia à cabana.

Tão rápida partia de manhã, como lenta voltava à tarde. Os mesmos guerreiros que a tinham visto alegre nas águas da Porangaba, agora encontrando-a triste e só, como a garça viúva, na margem do rio, chamavam aquele sítio da Mecejana, que significa a abandonada.

Uma vez que a formosa filha de Araquém se lamentava à beira da lagoa da Mecejana, uma voz estridente gritou seu nome do alto da carnaúba:

— Iracema!... Iracema!...

Ergueu ela os olhos e viu entre as folhas da palmeira sua linda jandaia, que batia as asas e arrufava as penas com o prazer de vê-la.

A lembrança da pátria, apagada pelo amor, ressurgiu em seu pensamento. Viu os formosos campos do Ipu, as encostas da serra onde nascera, a cabana de Araquém, e teve saudades; mas naquele instante ainda não se arrependeu de os ter abandonado.

Seu lábio gazeou um canto. A jandaia, abrindo as asas, esvoaçou-lhe em torno e pousou no ombro. Alongando fagueira o colo, com o negro bico alisou-lhe os cabelos e beliscou a boca mimosa e vermelha como a pitanga.

Iracema lembrou-se que tinha sido ingrata para a jandaia, esquecendo-a no tempo da felicidade; mas a jandaia vinha para a consolar agora no tempo da desventura.

Essa tarde não voltou só à cabana. Durante o dia seus dedos ágeis teceram o formoso uru de palha, que forrou da felpa macia da monguba, para agasalhar sua companheira e amiga.

Na seguinte alvorada foi a voz da jandaia que a despertou. A linda ave não deixou mais sua senhora, ou porque depois da longa ausência não se fartasse de a ver, ou porque adivinhasse que ela tinha necessidade de quem a acompanhasse em sua triste solidão.

27

Uma tarde Iracema viu de longe dois guerreiros que avançavam pelas praias do mar. Seu coração palpitou mais apressado.

Instante depois ela esquecia nos braços do esposo tantos dias de saudade e abandono, que passara na solitária cabana.

Martim e seu irmão haviam chegado à taba de Jacaúna, quando soava a inúbia: eles guiaram ao combate os mil arcos de Poti. Ainda dessa vez os tabajaras, apesar da aliança dos brancos tapuias do Mearim, foram levados de vencida pelos valentes pitiguaras.

Nunca tão disputada vitória e tão renhida pugna se pelejou nos campos que regam o Acaracu e o Camucim; o valor era igual de parte a parte, e nenhum dos dois povos fora vencido, se o deus da guerra, o torvo Aresqui, não tivesse decidido dar estas plagas à raça do guerreiro branco, aliada dos pitiguaras.

Logo após a vitória o cristão tornara às praias do mar, onde havia construído sua cabana e onde o esperava a terna esposa. De novo sentiu em sua alma a sede do amor; e tremia de pensar que Iracema houvesse partido, deixando ermo aquele sítio tão povoado outrora pela felicidade.

Como a seca várzea, com a vinda do inverno reverdece e se matiza de flores, a formosa filha do sertão com a volta do esposo reanimou-se; e sua beleza esmaltou-se de meigos e ternos sorrisos.

Outra vez sua graça encheu os olhos do cristão, e a alegria voltou a habitar em sua alma.

O cristão amou a filha do sertão, como nos primeiros dias, quando parece que o tempo nunca poderá estancar o coração. Mas breves sóis bastaram para murchar aquelas flores de uma alma exilada da pátria.

O imbu, filho da serra, se nasce na várzea porque o vento ou as aves trouxeram a semente, vinga, achando boa terra e fresca sombra; talvez um dia cope a verde folhagem e enflore. Mas basta um sopro do mar, para tudo murchar. As folhas lastram o chão; as flores, leva-as a brisa.

Como o imbu na várzea, era o coração do guerreiro branco na terra selvagem. A amizade e o amor o acompanharam e fortaleceram durante algum tempo, mas agora, longe de sua casa e de seus irmãos, sentia-se no ermo. O amigo e a esposa não bastavam mais à sua existência, cheia de grandes desejos e nobres ambições.

Passava os já tão breves, agora longos sóis, na praia, ouvindo gemer o vento e soluçar as ondas. Com os olhos engolfados na imensidade do horizonte, buscava, mas embalde, descobrir no azul diáfano a alvura de uma vela perdida nos mares.

Distante da cabana, se eleva à borda do oceano um alto morro de areia; pela semelhança com a cabeça do crocodilo o chamavam os pescadores Jacarecanga. Do seio das brancas areias escaldadas pelo ardente sol, manava uma água fresca e pura; assim destila a alma do seio da dor lágrimas doces de alívio e consolo.

A esse monte subia o cristão; e lá ficava cismando em seu destino. Às vezes lhe vinha à mente a ideia de tornar à sua terra e aos seus; mas ele sabia que Iracema o acompanharia; e essa lembrança lhe remordeu o coração. Cada passo mais que afastasse dos campos nativos a filha dos tabajaras, agora que ela não tinha o ninho de seu coração para abrigar-se, era uma porção da vida que lhe roubava.

Poti conhece que Martim deseja estar só, e afasta-se discreto. O guerreiro sabe o que aflige a alma do seu irmão; e tudo espera do tempo, porque só o tempo endurece o coração do guerreiro, como o cerne do jacarandá.

Iracema também foge dos olhos do esposo, porque já percebeu que esses olhos tão amados se turbam com a vista dela, e em vez de se encherem de sua beleza como outrora, a despedem de si. Mas seus olhos dela não se cansam de acompanhar à parte e de longe o guerreiro senhor, que os fez cativos.

Ai da esposa!... Sentiu já o golpe no coração e como a copaíba ferida no âmago, destila lágrimas em fio.

28

Uma vez o cristão ouviu dentro em sua alma o soluço de Iracema: seus olhos buscaram em torno e não a viram.

A filha de Araquém estava além, entre as verdes moitas de ubaia, sentada na relva. O pranto desfiava de seu belo semblante; e as gotas que rolavam a uma e uma caíam sobre o regaço, onde já palpitava e crescia o filho do amor. Assim caem as folhas da árvore viçosa antes que amadureça o fruto.

— O que espreme as lágrimas do coração de Iracema?

— Chora o cajueiro quando fica tronco seco e triste. Iracema perdeu sua felicidade, depois que te separaste dela.

— Não estou eu junto de ti?

— Teu corpo está aqui; mas tua alma voa à terra de teus pais, e busca a virgem branca, que te espera.

Martim doeu-se. Os grandes olhos negros que a indiana pousara nele o tinham ferido no íntimo.

— O guerreiro branco é teu esposo; ele te pertence.

Sorriu em sua tristeza a formosa tabajara:

— Quanto tempo há que retiraste de Iracema teu espírito? Dantes, teu passo te guiava para as frescas serras e alegres tabuleiros: teu pé gostava de pisar a terra da felicidade, e seguir o rasto da esposa. Agora só buscas as praias ardentes, porque o mar que lá murmura vem dos campos em que nasceste; e o morro das areias, porque do alto se avista a igara que passa.

— É a ânsia de combater o tupinambá que volve o passo do guerreiro para as bordas do mar — respondeu o cristão.

Iracema continuou:

— Teu lábio secou para a esposa; assim a cana, quando ardem os grandes sóis, perde o mel e as folhas murchas não podem mais cantar quando passa a brisa. Agora só falas ao vento da praia para que ele leve tua voz à cabana de teus pais.

— A voz do guerreiro branco chama seus irmãos para defender a cabana de Iracema e a terra de seu filho, quando o inimigo vier.

A esposa meneou a cabeça:

— Quando tu passas no tabuleiro, teus olhos fogem do fruto do jenipapo e buscam a flor do espinheiro; a fruta é saborosa, mas tem a cor dos tabajaras; a flor tem a alvura das faces da virgem branca. Se cantam as aves, teu ouvido não gosta já de escutar o canto mavioso da graúna, mas tua alma se abre para o grito do japim, porque ele tem as penas douradas como os cabelos daquela que tu amas!

— A tristeza escurece a vista de Iracema, e amarga seu lábio. Mas a alegria há de voltar à alma da esposa, como volta à árvore a verde rama.

— Quando teu filho deixar o seio de Iracema, ela morrerá, como o abati depois que deu seu fruto. Então o guerreiro branco não terá mais quem o prenda na terra estrangeira.

— Tua voz queima, filha de Araquém, como o sopro que vem dos sertões do Icó, no tempo dos grandes calores. Queres tu abandonar teu esposo?

— Não veem teus olhos lá o formoso jacarandá, que vai subindo às nuvens? A seus pés ainda está a seca raiz da murta frondosa, que todos os invernos se cobria de rama e bagos vermelhos, para abraçar o tronco irmão. Se ela não morresse, o jacarandá não teria sol para crescer tão alto. Iracema é a folha escura que faz sombra em tua alma; deve cair, para que a alegria alumie teu seio.

O cristão cingiu o talhe da formosa índia e a estreitou ao peito. Seu lábio pousou no lábio da esposa um beijo, mas áspero e morno.

29

Poti voltou do banho.

Segue na areia o rasto de Coatiabo, e sobe ao alto da Jacarecanga. Aí encontra o guerreiro em pé no cabeço do monte, com os olhos alongados e os braços estendidos para os largos mares.

Volve o pitiguara as vistas e descobre uma grande igara, que vem sulcando os verdes mares, impelida pelo vento:

— É a grande igara dos irmãos de meu irmão que vem buscá-lo?

O cristão suspirou:

— São os guerreiros brancos inimigos de minha raça, que buscam as praias da valente nação pitiguara, para a guerra da vingança: eles foram derrotados com os tabajaras nas margens do Camucim; agora vêm com seus amigos, os tupinambás, pelo caminho do mar.

— Meu irmão é um grande chefe. Que pensa ele que deve fazer seu irmão Poti?

— Chama os caçadores de Soipé e os pescadores do Trairi. Nós iremos a seu encontro.

Poti acordou a voz da inúbia; e os dois guerreiros partiram ambos para o Mocoripe. Pouco além viram os guerreiros de Jaguaraçu e Camoropim que corriam ao grito de guerra. O irmão de Jacaúna os avisou da vinda do inimigo.

A grande igara corre nas ondas, ao longo da terra que se dilata até às margens do Parnaíba. A Lua começava a crescer quando ela deixou as águas do Mearim; ventos contrários a tinham arrastado para os altos-mares, muito além de seu destino.

Os guerreiros pitiguaras, para não espantarem o inimigo, se ocultam entre os cajueiros; e vão seguindo pela praia a grande igara: durante o dia avultam as brancas velas; de noite os fogos atravessam a negrura do mar, como vaga-lumes perdidos na mata.

Muitos sóis caminharam assim. Passam além do Camucim, e afinal pisam as lindas ribeiras da enseada dos papagaios.

Poti manda um guerreiro ao grande Jacaúna e se prepara para o combate. Martim, que subiu ao morro de areia, conhece que o maracatim vem abrigar-se no seio do mar; e avisa seu irmão.

O Sol já nasceu; os guerreiros guaraciabas e os tupinambás, seus amigos, correm sobre as ondas nas ligeiras pirogas e pojam na praia. Já formam o grande arco, e avançam como o cardume do peixe quando corta a correnteza do rio.

No centro estão os guerreiros do fogo, que trazem o raio; nas asas os guerreiros do Mearim, que brandem o tacape.

Mas nação alguma jamais vibrou o arco certeiro, como a grande nação pitiguara; e Poti é o maior chefe de quantos chefes empunharam a inúbia guerreira. A seu lado caminha o irmão, tão grande chefe como ele, e sabedor das manhas da raça branca dos cabelos do sol.

Durante a noite os pitiguaras fincam na praia a forte caiçara de espinho, e levantam contra ela um muro de areia, onde o raio esfria e se apaga. Aí esperam o inimigo. Martim manda que outros guerreiros subam à copa dos mais altos coqueiros; ali, defendidos pelas largas palmas, esperam o momento do combate.

A seta de Poti foi a primeira que partiu, e o chefe dos guaraciabas o primeiro herói que mordeu o pó na terra estrangeira. Rugem os trovões na destra dos guerreiros brancos; mas os raios que desferem mergulham-se na areia, ou se perdem nos ares.

As setas dos pitiguaras já caem do céu, já voam da terra, e se embebem todas no seio do inimigo. Cada guerreiro tomba crivado de muitas flechas, como a presa que as piranhas disputam nas águas do lago.

Os inimigos embarcam outra vez nas pirogas, e voltam ao maracatim em busca dos grandes e pesados trovões, que um homem só, nem dois, podem manejar.

Quando voltam, o chefe dos pescadores, que corre nas águas do mar como o veloz camoropim, de que tomou o nome, se arroja nas ondas, e mergulha. Ainda a espuma não se apagara, e já a piroga inimiga se afundou, parecendo que a tragara uma baleia.

Veio a noite, que trouxe o repouso.

Ao romper d'alva, o maracatim fugia no horizonte para as margens do Mearim. Jacaúna chegou, não mais para o combate e só para o festim da vitória.

Nessa hora em que o canto guerreiro dos pitiguaras celebrava a derrota dos guaraciabas, o primeiro filho que o sangue da raça branca gerou nessa terra da liberdade via a luz nos campos da Porangaba.

30

Iracema sentindo que se lhe rompia o seio, buscou a margem do rio, onde crescia o coqueiro.

Estreitou-se com a haste da palmeira. A dor lacerou suas entranhas; porém logo o choro infantil inundou sua alma de júbilo.

A jovem mãe, orgulhosa de tanta ventura, tomou o tenro filho nos braços e com ele arrojou-se às águas límpidas do rio. Depois suspendeu-o à teta mimosa; seus olhos o envolviam de tristeza e amor.

— Tu és Moacir, o nascido de meu sofrimento.

A ará, pousada no olho do coqueiro, repetiu Moacir; e desde então a ave amiga unia em seu canto ao nome da mãe, o nome do filho.

O inocente dormia; Iracema suspirava:

— A jati fabrica o mel no tronco cheiroso do sassafrás; toda a lua das flores voa de ramo em ramo, colhendo o suco para encher os favos; mas ela não prova sua doçura, porque a irara devora em uma noite toda a colmeia. Tua mãe também, filho de minha angústia, não beberá em teus lábios o mel de teu sorriso.

A jovem mãe passou aos ombros a larga faixa de macio algodão, que fabricara para trazer o filho sempre unido ao flanco; e seguiu pela areia o rasto do esposo, que há três sóis se partira. Ela caminhava docemente para não despertar a criancinha, adormecida como o passarinho sob a asa materna.

Quando chegou junto ao grande morro das areias, viu que o rasto de Martim e Poti seguia ao longo da praia; e adivinhou que eles eram partidos para a guerra. Seu coração suspirou; mas seus olhos secos buscaram o semblante do filho.

Volve o rosto para o Mocoripe:

— Tu és o morro da alegria; mas para Iracema não tens senão tristeza.

Tornando, a recente mãe pousou a criança adormecida na rede de seu pai, viúva e solitária em meio da cabana; e deitou-se ao chão, na esteira onde repousava, desde que os braços do esposo se não tinham mais aberto para recebê-la.

A luz da manhã entrava pela cabana, e Iracema viu entrar com ela a sombra de um guerreiro.

Caubi estava em pé na porta.

A esposa de Martim ergueu-se de um ímpeto e saltou avante para proteger o filho. Seu irmão levantou da rede a ela uns olhos tristes, e falou com a voz ainda mais triste:

— Não foi a vingança que arrancou o guerreiro Caubi aos campos dos tabajaras; ele já perdoou. Foi a vontade de ver Iracema, que trouxe consigo toda a sua alegria.

— Então, bem-vindo seja o guerreiro Caubi na cabana de seu irmão, respondeu a esposa, abraçando-o.

— O nascido de teu seio dorme nesta rede; os olhos de Caubi gostariam de vê-lo.

Iracema abriu a franja de penas; e mostrou o lindo semblante da criança. Caubi depois que o contemplou por muito tempo, entre risos, disse:

— Ele chupou tua alma.

E beijou nos olhos da jovem mãe, a imagem da criança, que não se animava tocar, receoso de ofendê-la.

A voz trêmula da filha ressoou:

— Ainda vive Araquém sobre a terra?

— Pena ainda; depois que tu o deixaste, sua cabeça vergou para o peito e não se ergueu mais.

— Tu lhe dirás que Iracema já morreu, para que ele se console.

A irmã de Caubi preparou a refeição para o guerreiro, e armou no copiar a rede da hospitalidade para que ele repousasse das fadigas da jornada. Quando o viajante satisfez o apetite, ergueu-se com estas palavras:

— Diz onde está teu esposo e meu irmão para que o guerreiro Caubi lhe dê o abraço da amizade.

Os lábios suspirosos da mísera esposa se moveram, como as pétalas do cacto que um sopro amarrota, e ficaram mudos. Mas as lágrimas debulharam dos olhos, e caíram em bagas.

O rosto de Caubi anuviou-se:

— Teu irmão pensava que a tristeza ficara nos campos que abandonaste: porque trouxeste contigo todo o riso dos que te amavam!

Iracema enxugou os olhos:

— O esposo de Iracema partiu com o guerreiro Poti para as praias do Acaracu. Antes que três sóis tenham alumiado a terra, ele voltará, e com ele a alegria à alma da esposa.

— O guerreiro Caubi o espera para saber o que ele fez do sorriso que morava em teus lábios.

A voz do tabajara enrouquecera; seu passo inquieto volveu a esmo pela cabana.

31

Iracema cantava docemente, embalando a rede para acalentar o filho.

A areia da praia crepitou sob o pé forte e rijo do guerreiro tabajara, que vinha das bordas do mar depois da abundante pesca.

A jovem mãe cruzou as franjas da rede, para que as moscas não inquietassem o filho acalentado, e foi ao encontro do irmão:

— Caubi vai tornar às montanhas dos tabajaras! — disse ela com brandura.

O guerreiro anuviou-se:

— Tu despedes teu irmão da cabana para que ele não veja a tristeza que a enche.

— Araquém teve muitos filhos em sua mocidade; uns a guerra levou e morreram como valentes; outros escolheram uma esposa e geraram por sua vez numerosa prole; filhos de sua velhice, Araquém só teve dois. Iracema é a rola que o caçador tirou do ninho. Só resta o guerreiro Caubi ao velho Pajé, para suster seu corpo vergado e guiar seu passo trêmulo.

— Caubi partirá quando a sombra deixar o rosto de Iracema.

— Como a estrela que só brilha de noite, vive Iracema em sua tristeza. Só os olhos do esposo podem apagar a sombra em seu rosto. Parte, para que eles não se turvem com tua vista.

— Teu irmão parte para te fazer a vontade; mas ele voltará todas as vezes que o cajueiro florescer, para sentir em seu coração o filho de teu ventre.

Entrou na cabana. Iracema tirou da rede a criança; e ambos, mãe e filho, palpitaram sobre o peito do guerreiro tabajara. Depois, Caubi passou a porta, e sumiu-se entre as árvores.

Iracema, arrastando o passo trêmulo, o acompanhou de longe até que o perdeu de vista na orla da mata. Aí parou: quando o grito da jandaia de envolta com o choro infantil a chamou à cabana, a areia fria onde esteve sentada, guardou o segredo do pranto que embebera.

A jovem mãe suspendeu o filho à teta; mas a boca infantil não emudeceu. O leite escasso não apojava o peito.

O sangue da infeliz diluía-se todo nas lágrimas incessantes que lhe não estancavam nos olhos; pouco chegava aos seios, onde se forma o primeiro licor da vida.

Ela dissolveu a alva carimã e preparou ao fogo o mingau para nutrir o filho. Quando o sol dourou a crista dos montes, partiu para a mata, levando ao colo a criança adormecida.

Na espessura do bosque estava o leito da irara ausente; os tenros cachorrinhos grunhem enrolando-se uns sobre os outros. A formosa tabajara aproxima-se de manso. Prepara para o filho um berço da macia rama do maracujá e senta-se perto.

Põe no regaço um por um os filhos da irara; e lhes abandona os seios mimosos, cuja teta rubra como a pitanga ungiu do mel da abelha. Os cachorrinhos famintos sugam os peitos avaros de leite.

Iracema curte dor, como nunca sentiu; parece que lhe exaurem a vida: mas os seios vão-se intumescendo; apojaram afinal, e o leite, ainda rubro do sangue de que se formou, esguicha.

A feliz mãe arroja de si os cachorrinhos e cheia de júbilo mata a fome ao filho. Ele é agora duas vezes filho de sua dor, nascido dela e também nutrido.

A filha de Araquém sentiu afinal que suas veias se estancavam; e contudo o lábio amargo de tristeza recusava o alimento que devia restaurar-lhe as forças. O gemido e o suspiro tinham crestado o sorriso e o sabor em sua boca formosa.

32

Descamba o Sol.

Japi sai do mato e corre para a porta da cabana.

Iracema, sentada com o filho no colo, banha-se nos raios do Sol e sente o frio arrepiar-lhe o corpo. Vendo o animal, fiel mensageiro do esposo, a esperança reanima seu coração; quer erguer-se para ir ao encontro de seu guerreiro e senhor, mas os membros débeis se recusam à sua vontade.

Caiu desfalecida contra o esteio. Japi lambia-lhe a mão fria e pulava travesso para fazer sorrir a criança, soltando uns doces latidos de prazer. Por vezes, afastava-se para correr até a orla da mata e latir chamando o senhor; logo, tornava à cabana para festejar a mãe e o filho.

Por esse tempo pisava Martim os campos amarelos do Tauape; seu irmão Poti, o inseparável, caminhava ao seu lado.

Oito luas havia que ele deixava as praias de Jacarecanga. Vencidos os guaraciabas, na baía dos papagaios, o guerreiro cristão quis partir para as margens do Mearim, onde habitava o bárbaro aliado dos tupinambás.

Poti e seus guerreiros o acompanharam. Depois que transpuseram o braço corrente do mar que vem da serra de Tauatinga e banha as várzeas onde se pesca o piau, viram enfim as praias do Mearim, e a velha taba do bárbaro tapuia.

A raça de cabelos do sol cada vez ganhava mais a amizade dos tupinambás: crescia o número dos guerreiros brancos, que já tinham levantado na ilha a grande itaoca, para despedir o raio.

Quando Martim viu o que desejava, tornou aos campos da Porangaba, que ele agora trilha. Já ouve o ronco do mar nas praias do Mocoripe; já lhe bafeja o rosto o sopro vivo das vagas do oceano.

Quanto mais seu passo o aproxima da cabana, mais lento se torna e pesado. Tem medo de chegar; e sente que sua alma vai sofrer, quando os olhos tristes e magoados da esposa entrarem nela.

Há muito que a palavra desertou seu lábio seco; o amigo respeita este silêncio, que ele bem entende. É o silêncio do rio quando passa nos lugares profundos e sombrios.

Tanto que os dois guerreiros tocaram as margens do rio, ouviram o latir do cão, a chamá-los, e o grito da ará, que se lamentava. Estavam mui próximos à cabana, apenas oculta por uma língua de mato. O cristão parou calcando a mão no peito para sofrear o coração, que saltava como o poraquê.

— O latido de Japi é de alegria, disse o chefe.

— Porque chegou; mas a voz da jandaia é de tristeza. Achará o guerreiro ausente a paz no seio da esposa solitária, ou terá a saudade matado em suas entranhas o fruto do amor?

O cristão moveu o passo vacilante. De repente, entre os ramos das árvores, seus olhos viram, sentada à porta da cabana, Iracema com o filho no regaço, e o cão a brincar. Seu coração o arrojou de um ímpeto e a alma lhe estalou nos lábios:

— Iracema!...

A triste esposa e mãe soabriu os olhos, ouvindo a voz amada. Com esforço grande, pôde erguer o filho nos braços e apresentá-lo ao pai, que o olhava extático em seu amor.

— Recebe o filho de teu sangue. Era tempo; meus seios ingratos já não tinham alimento para dar-lhe!

Pousando a criança nos braços paternos, a desventurada mãe desfaleceu, como a jetica se lhe arrancam o bulbo. O esposo viu então como a dor tinha consumido seu belo corpo; mas a formosura ainda morava nela, como o perfume na flor caída do manacá.

Iracema não se ergueu mais da rede onde a pousaram os aflitos braços de Martim. O terno esposo, em que o amor renascera com o júbilo paterno, a cercou de carícias que encheram sua alma de alegria, mas não a puderam tornar à vida: o estame de sua flor se rompera.

— Enterra o corpo de tua esposa ao pé do coqueiro que tu amavas. Quando o vento do mar soprar nas folhas, Iracema pensará que é tua voz que fala entre seus cabelos.

O doce lábio emudeceu para sempre; o último lampejo despediu-se dos olhos baços.

Poti amparou o irmão na grande dor. Martim sentiu quanto um amigo verdadeiro é precioso na desventura: é como o outeiro que abriga do vendaval o tronco forte e robusto do ubiratã, quando o cupim lhe broca o âmago.

O camucim, que recebeu o corpo de Iracema, embebido de resinas odoríferas, foi enterrado ao pé do coqueiro, à borda do rio. Martim quebrou um ramo de murta, a folha da tristeza, e deitou-o no jazigo de sua esposa.

A jandaia pousada no olho da palmeira repetia tristemente.

— Iracema!

Desde então os guerreiros pitiguaras, que passavam perto da cabana abandonada e ouviam ressoar a voz plangente da ave amiga, afastavam-se, com a alma cheia de tristeza, do coqueiro onde cantava a jandaia.

E foi assim que um dia veio a chamar-se Ceará o rio onde crescia o coqueiro, e os campos onde serpeja o rio.

33

O cajueiro floresceu quatro vezes depois que Martim partiu das praias do Ceará, levando no frágil barco o filho e o cão fiel. A jandaia não quis deixar a terra onde repousava sua amiga e senhora.

O primeiro cearense, ainda no berço, emigrava da terra da pátria. Havia aí a predestinação de uma raça?

Poti levantava a taba de seus guerreiros na margem do rio e esperava o irmão que lhe prometera voltar. Todas as manhãs subia ao morro das areias e volvia os olhos ao mar, para ver se branqueava ao longe a vela amiga.

Afinal volta Martim de novo às terras, que foram de sua felicidade, e são agora de amarga saudade. Quando seu pé sentiu o calor das brancas areias, em seu coração derramou-se um fogo, que o requeimou: era o fogo das recordações que ardiam como a centelha sob as cinzas.

Só aplacou essa chama quando ele tocou a terra onde dormia sua esposa; porque nesse instante seu coração transudou, como o tronco do jataí nos ardentes calores, e orvalhou sua tristeza de lágrimas abundantes.

Muitos guerreiros de sua raça acompanharam o chefe branco, para fundar com ele a mairi dos cristãos. Veio também um sacerdote de sua religião, de negras vestes, para plantar a cruz na terra selvagem.

Poti foi o primeiro que ajoelhou aos pés do sagrado lenho; não sofria ele que nada mais o separasse de seu irmão branco. Deviam ter ambos um só Deus, como tinham um só coração.

Ele recebeu com o batismo o nome do santo, cujo era o dia; e o do rei, a quem ia servir, e sobre os dois o seu, na língua dos novos irmãos. Sua fama cresceu e ainda hoje é o orgulho da terra, onde ele primeiro viu a luz.

A mairi que Martim erguera à margem do rio, nas praias do Ceará, medrou. Germinou a palavra do Deus verdadeiro na terra selvagem; e o bronze sagrado ressoou nos vales onde rugia o maracá.

Jacaúna veio habitar nos campos da Porangaba para estar perto de seu amigo branco; Camarão erguera a taba de seus guerreiros nas margens da Mecejana.

Tempo depois, quando veio Albuquerque, o grande chefe dos guerreiros brancos, Martim e Camarão partiram para as margens do Mearim a castigar o feroz tupinambá e expulsar o branco tapuia.

Era sempre com emoção que o esposo de Iracema revia as plagas onde fora tão feliz, e as verdes folhas a cuja sombra dormia a formosa tabajara.

Muitas vezes ia sentar-se naquelas doces areias, para cismar e acalentar no peito a agra saudade.

A jandaia cantava ainda no olho do coqueiro; mas não repetia já o mavioso nome de Iracema.

Tudo passa sobre a terra.

NOTAS DO AUTOR

Argumento histórico

Em 1603, Pero Coelho, homem nobre da Paraíba, partiu como capitão-mor de descoberta, levando uma força de oitenta colonos e oitocentos índios. Chegou à foz do Jaguaribe e aí fundou o povoado que teve o nome de Nova Lisboa.

Foi esse o primeiro estabelecimento colonial do Ceará.

Como Pero Coelho se visse abandonado dos sócios, mandaram-lhe João Soromenho com socorros. Esse oficial, autorizado a fazer cativos para indenização das despesas, não respeitou os próprios índios do Jaguaribe, amigos dos portugueses.

Tal foi a causa da ruína do nascente povoado. Retiraram-se os colonos pelas hostilidades dos indígenas, e Pero Coelho ficou ao desamparo, obrigado a voltar à Paraíba por terra, com sua mulher e filhos pequenos.

Na primeira expedição foi do Rio Grande do Norte um moço de nome Martim Soares Moreno, que se ligou de amizade com Jacaúna, chefe dos índios do litoral, e seu irmão Poti. Em 1608, por ordem de D. Diogo de Meneses, voltou a dar princípio à regular colonização daquela capitania, o que levou a efeito, fundando o presídio de Nossa Senhora do Amparo, em 1611.

Jacaúna, que habitava as margens do Acaracu, veio estabelecer-se com sua tribo nas proximidades do recente povoado, para o proteger contra os índios do interior e os franceses que infestavam a costa.

Poti recebeu no batismo o nome de Antônio Filipe Camarão, que ilustrou na guerra holandesa. Seus serviços foram remunerados com o foro de fidalgo, a comenda de Cristo e o cargo de capitão-mor dos índios.

Martim Soares Moreno chegou a mestre de campo e foi um dos excelentes cabos portugueses que libertaram o Brasil da invasão holandesa. O Ceará deve honrar sua memória como a de um varão prestante e seu verdadeiro fundador, pois que o primeiro povoado à foz do rio Jaguaribe não passou de uma tentativa frustrada.

Este é o argumento histórico da lenda; em notas especiais se indicarão alguns outros subsídios recebidos dos cronistas do tempo.

Há uma questão histórica relativa a este assunto; falo da pátria do Camarão, que um escritor pernambucano quis pôr em dúvida, tirando a glória ao Ceará para a dar à sua província.

Este ponto, aliás, somente contestado nos tempos modernos pelo Sr. Comendador Melo em suas Biografias, me parece suficientemente elucidado já, depois da erudita carta do Sr. Basílio Quaresma Torreão, publicada no Mercantil no 26, de 26 de janeiro de 1860, 2a página.

Entretanto, farei sempre uma observação.

Em primeiro lugar, a tradição oral é uma fonte importante da História, e às vezes a mais pura e verdadeira. Ora, na província do Ceará, em Sobral, não só referiam-se entre gente do povo notícias do Camarão, como existia uma velha mulher que se dizia dele sobrinha. Essa tradição foi colhida por diversos escritores, entre eles o conspícuo autor da Corografia Brasílica.

O autor do Valeroso Lucideno *é dos antigos o único que positivamente afirma ser Camarão filho de Pernambuco; mas além de encontrar este asserto a versão de outros escritores de nota, acresce que Berredo explica perfeitamente o dito daquele escritor, quando fala da expedição de Pero Coelho de Sousa a Jaguaribe, sítio naquele tempo e também no de hoje da jurisdição de Pernambuco.*

Outro ponto é necessário esclarecer para que não me censurem de infiel à verdade histórica. É a nação de Jacaúna e Camarão, que alguns pretendem ter sido a tabajara.

Há nisso manifesto engano.

Em todas as crônicas se fala das tribos de Jacaúna e Camarão como habitantes do litoral, e tanto que auxiliam a fundação do Ceará, como já haviam auxiliado a da Nova Lisboa em Jaguaribe. Ora, a nação que habitava o litoral entre o Parnaíba e o Jaguaribe ou Rio-Grande era a dos pitiguaras, como atesta Gabriel Soares. Os tabajaras habitavam a serra de Ibiapaba, e portanto o interior.

Como chefes dos tabajaras são mencionados Mel-Redondo no Ceará e Grão Deabo em Piauí. Esses chefes foram sempre inimigos irreconciliáveis e rancorosos dos portugueses e aliados dos franceses do Maranhão, que penetraram até Ibiapaba. Jacaúna e Camarão são conhecidos por sua aliança firme com os portugueses.

Mas o que solve a questão é o seguinte texto. Lê-se nas Memórias diárias *da guerra brasílica do Conde de Pernambuco:*

1634, janeiro 18:

Pelo bom procedimento com que havia servido A. F. Camarão, o fez El-rei capitão-mor de todos os índios não somente de sua nação, que era Pitiguar, mas das outras residentes em várias aldeias.

Esta autoridade, além de contemporânea, testemunhal, não pode ser recusada, especialmente quando se exprime tão positiva e intencionalmente a respeito do ponto duvidoso.

P. 25, I. Onde canta a jandaia — *Diz a tradição que Ceará significa na língua indígena* canto de jandaia.

Aires do Casal, Corografia Brasílica, *refere essa tradição. O Senador Pompeu, em seu excelente dicionário topográfico, menciona uma opinião, nova para mim, que pretende vir* Siará *da palavra* suia *— caça —, em virtude da abundância da caça que se encontrava nas margens do rio. Essa etimologia é forçada. Para designar quantidade, usava a língua tupi da desinência* iba; *a desinência* ára, *junta aos verbos, designa o sujeito que exercita a ação atual; junta aos nomes, o que tem atualmente o objeto; ex.:* Coatiara *— o que pinta,* Juçara *— o que tem espinhos.*

Ceará é o nome composto de cemo — cantar forte, clamar, e ára — pequena arara ou periquito. Essa é a etimologia verdadeira; não só é conforme à tradição, como às regras da língua tupi.

II. Iracema — *Em guarani significa lábios de mel — de* ira, *mel e* tembe *— lábios.* Tembe *na composição altera-se em* ceme, *como na palavra* ceme iba.

III. Jirau — *Na jangada é uma espécie de estrado onde acomodam os passageiros; às vezes o cobrem com o teto de palha. Em geral é qualquer estiva elevada do solo e suspensa em forquilhas.*

IV. Rugitar — *É um verbo de minha composição para o qual peço vênia. Filinto Elísio criou* ruidar, *de ruído.*

P. 26, I. Graúna — *É o pássaro conhecido de cor negra luzidia. Seu nome vem por corrução de* guira *— pássaro, e* una, *abreviação de* pixuna *— preto.*

II. Jati — *Pequena abelha que fabrica delicioso mel.*

III. Ipu — *Chamam ainda hoje no Ceará certa qualidade de terra muito fértil, que forma grandes coroas ou ilhas no meio dos tabuleiros e sertões, e é de preferência procurada para a cultura. Daí se deriva o nome dessa comarca da província.*

IV. Tabajara — *Senhor das aldeias, de* taba — *aldeia, e* jara — *senhor. Essa nação dominava o interior da província, especialmente a serra de Ibiapaba.*

V. Oiticica — *Árvore frondosa, apreciada pela deliciosa frescura que derrama sua sombra.*

VI. Gará — *Ave paludal, muito conhecida pelo nome de* guará. *Penso eu que esse nome anda corrompido de sua verdadeira origem, que é* ig — *água, e* ará — *arara: arara d'água, assim chamada pela bela cor vermelha.*

VII. Ará — *Periquito. Os indígenas como aumentativo usavam repetir a última sílaba da palavra e às vezes toda a palavra, como murémuré. Muré — frauta, murémuré — grande frauta.* Arárá *vinha a ser, pois, o aumentativo de ará, e significaria a espécie maior do gênero.*

VIII. Uru — *Cestinho que servia de cofre às selvagens para guardar seus objetos de mais preço e estimação.*

IX. Crautá — *Bromélia vulgar, de que se tiram fibras tanto ou mais finas do que as do linho.*

X. Juçara — *Palmeira de grandes espinhos, das quais servem-se ainda hoje para dividir os fios de renda.*

P. 27, I. Uiraçaba — *Aljava, de* uira — *seta, e a desinência* çaba — *coisa própria.*

II. Quebrar a flecha — *Era entre os indígenas a maneira simbólica de estabelecer a paz entre as diversas tribos, ou mesmo entre dois guerreiros inimigos. Desde já advertimos que não se estranhe a maneira por que o estrangeiro se exprime falando com os selvagens; ao seu perfeito conhecimento dos usos e língua dos indígenas, e sobretudo a ter-se conformado com eles a ponto de deixar os trajes europeus e pintar-se, deveu Martim Soares Moreno a influência que adquiriu entre os índios do Ceará.*

P. 28, I. Ibiapaba — *Grande serra que se prolonga ao norte da província e a extrema com Piauí. Significa terra aparada. O Dr. Martius em seu Glossário lhe atribuiu outra etimologia.* Iby — *terra, e pabe — tudo. A primeira, porém, tem a autoridade de Vieira.*

II. Igaçaba — *Vaso, pote, de* ig — *água, e a desinência* çaba — *coisa própria.*

III. Vieste — *A saudação usual da hospitalidade era esta:* Ere iobê — *tu vieste?* Pa-aiotu — *vim sim.* Auge-be — *bem dito. Veja-se Lery, p. 286.*

IV. Jaguaribe — *O maior rio da província; tirou o nome da quantidade de onças que povoavam suas margens.* Jaguar — *onça,* iba — *desinência para exprimir cópia, abundância.*

V. Pitiguaras — *Grande nação de índios que habitava o litoral da província e estendia-se desde o Parnaíba até o Rio Grande do Norte. A ortografia do nome anda mui viciada nas diferentes versões, pelo que se tornou difícil conhecer a etimologia.* Iby *significava terra;* iby-tira *veio a significar serra ou terra alta. Aos vales chamavam os indígenas* iby-tira-cua — *cintura das montanhas. A desinência* jara — *senhor, acrescentada, formou a palavra* Ibiticuara, *que por corrução deu* Pitiguara — *senhores dos vales.*

P. 29, I. Martim — *Da origem latina de seu nome, procedente de Marte, deduz o estrangeiro a significação que lhe dá.*

II. Acaracu — *O nome do rio vem de* acará — *garça,* co — *buraco, toca, ninho e* y — *som dúbio entre* i *e* u, *que os portugueses ora exprimiam de um, ora de outro modo, significando água. Rio do ninho das graças é, pois, a tradução de* Acaracu.

III. Mau espírito da floresta — *Os indígenas chamavam a esses espíritos* caa-pora; *habitantes da mata, donde por corrução veio a palavra caipora, introduzida na língua portuguesa em sentido figurado.*

IV. As mais belas mulheres — *Este costume da hospitalidade americana é atestado pelos cronistas. A ele se atribui o belo rasgo de virtude de Anchieta que, para fortalecer a sua castidade, compunha nas praias de Iperoig o poema da* Virgindade de Maria, *cujos versos escrevia nas areias úmidas, para melhor os polir.*

V. Jurema — *Árvore meã, de folhagem espessa; dá um fruto excessivamente amargo, de cheiro acre, do qual juntamente com as folhas e outros ingredientes preparavam os selvagens uma bebida, que tinha o efeito do haxixe, de produzir sonhos tão vivos e intensos, que a pessoa sentia com delícias e como se fossem realidade as alucinações agradáveis da fantasia excitada pelo narcótico. A fabricação desse licor era um segredo, explorado pelos pajés, em proveito de sua influência. Jurema é composto de* ju — *espinho, e* rema — *cheiro desagradável.*

VI. Irapuã — *De* ira — mel, *e* apuam — *redondo; é o nome dado a uma abelha virulenta e brava, por causa da forma redonda de sua colmeia. Por corrução reduziu-se esse nome atualmente a* arapuá. *O guerreiro de que se trata aqui é o célebre Mel-Redondo, chefe dos tabajaras da serra Ibiapaba; foi encarniçado inimigo dos portugueses e amigo dos franceses.*

VII. Estrela morta — *A estrela polar, por causa da sua imobilidade; orientavam-se por ela os selvagens durante a noite.*

P. 30, I. Boicininga — *É a cascavel, de* boia — *cobra, e* cininga — *chocalho.*

II. Oitibó — *É uma ave noturna, espécie de coruja. Outros dizem* noitibó.

P. 31, I. Espírito da treva — *A esses espíritos chamavam os selvagens* curupira, *meninos maus, de* curumim — *menino, e* pira — *mau.*

II. Boré — *Frauta de bambu, o mesmo que muré.*

III. Ocara — *Praça circular que ficava no centro da taba, cercada pela estacada, e para a qual abriam todas as casas. Composto de* oca — *casa, e a desinência* ara — *que tem; aquilo que tem a casa, ou onde a casa está.*

IV. Pocema — *Grande alarido que faziam os selvagens nas ocasiões da alegria; é palavra adotada já na Língua Portuguesa e inserida no dicionário de Morais. Vem de* po — *mão, e* cemo — *clamar: clamor das mãos, porque os selvagens acompanhavam o vozear com o bater das palmas e das armas.*

V. Andira — *Morcego; é em alusão a seu nome que Irapuã dirige logo palavras de desprezo ao velho guerreiro.*

VI. Potiguara — *Comedor de camarão; de* poty *e* uara. *Nome que por desprezo davam os inimigos aos pitiguaras, que habitavam as praias e viviam em grande parte da pesca. Este nome dão alguns escritores aos pitiguaras, porque o receberam de seus inimigos.*

P. 32. Aracati — *Significa este nome bom tempo — de* ara *e* catu. *Os selvagens do sertão assim chamavam as brisas do mar que sopram regularmente ao cair da tarde e, correndo pelo vale do Jaguaribe, se derramam pelo interior e refrigeram da calma abrasadora do verão. Daí resultou chamar-se* Aracati *o lugar de onde vinha a monção. Ainda hoje no Icó o nome é conservado à brisa da tarde, que sopra do mar.*

P. 34, I. Aflar — *A respeito desta palavra lia-se na 1ª edição desta obra a nota seguinte:*

"Sobre este verbo que introduzi na Língua Portuguesa, do latim aflo, *já escrevi o que entendi em nota de uma segunda edição da* Diva, *que brevemente há de vir à luz".*

Completo equívoco de minha parte; pois o verbo foi usado por Mousinho e o Padre Bernardes.

II. Anhangá — *Davam os indígenas este nome ao espírito do mal; compõe-se de* anho — *só, e* anga — *alma. Espírito só, privado de corpo, fantasma.*

P. 37, I. Camucim — *Vaso onde encerravam os indígenas os corpos dos mortos e que lhes servia de túmulo; outros dizem* camotim, *e talvez com melhor ortografia, porque, se não me engano, o nome é corrução da frase co — buraco,* ambira — *defunto,* anhotim — *enterrar; buraco para enterrar o defunto: c' am' otim. O nome dava-se também a qualquer pote.*

II. Andiroba — *Árvore que dá um azeite amargo.*

III. Cabelos do sol — *Em tupi guaraciaba. Assim, chamavam os indígenas aos europeus que tinham os cabelos louros.*

IV. Capoeira — *Corruptela de* caa-apuam-era, *que significa ilha de mato já cortado uma vez.*

P. 38, I. Moquém — *Do verbo* mocáem — *assar na labareda. Era a maneira por que os indígenas conservavam a caça para não apodrecer, quando a levavam em viagem. Nas cabanas a tinham no fumeiro.*

II. Senhor do caminho — *Assim designavam os indígenas ao guia, de* py — *caminho, e* guara — *senhor.*

P. 39, I. O dia vai ficar triste — *Os tupis chamavam a tarde* caruca, *segundo o dicionário. Segundo Lery,* che caruc acy *significa "estou triste". Qual destes era o sentido figurado da palavra? Tiraram a imagem da tristeza, da sombra da tarde, ou imagem do crepúsculo, do torvamento do espírito?*

II. Jurupari — *Demônio; de* juru — *boca, e* apara — *torto, aleijado. O boca torta.*

III. Ubaia — *Fruta conhecida da espécie eugênia. Significa fruta saudável; de* uba – *fruta, e* aia – *saudável.*

P. 40, I. Jandaia — *Este nome que anda escrito por diversas maneiras,* nhendaia, nhandaia, *e em todas alterado, é apenas um adjetivo qualificativo do substantivo* ará. *Deriva-se ele das palavras* nheng — *falar,* antan — *duro, forte, áspero, e* ara — *desinência verbal que exprime o agente:* nh' ant' ara; *substituído o* t *por* d *e o* r *por* i, *tornou-se* nhandaia, *donde* jandaia, *que se traduzirá por periquito grasnador. Do canto desta ave, como se viu, é que vem o nome de Ceará, segundo a etimologia que lhe dá a tradição.*

II. Inhuma — *Ave noturna palamédea. A espécie de que se fala aqui* é *a* palamédea chavaria, *que canta regularmente à meia--noite. A ortografia melhor creio ser* anhuma, *talvez de* anho — *só, e* anum — *ave agoureira conhecida. Significaria então* anum *solitário, assim chamado pela tal ou qual semelhança do grito desagradável.*

P. 41. Inúbia — *Trombeta de guerra. Os indígenas, segundo Lery, as tinham tão grandes que mediam muitos palmos no diâmetro da abertura.*

P. 42, I. Guará — *Cão selvagem, lobo brasileiro. Provém esta palavra do verbo* u — *comer, do qual se forma com o relativo* g *e a desinência* ara *o verbal* g-u-ára — *comedor. A sílaba final longa é a partícula propositiva a que serve para dar força à palavra.*

G-u-ára-á — *realmente comedor, voraz.*

II. Jiboia — *Cobra conhecida; de gi — machado, e* boia — *cobra. O nome foi tirado da maneira por que a serpente lança o bote, semelhante ao golpe do machado; pode traduzir-se bem: cobra de arremesso.*

III. Sucuri — *A serpente gigante que habita nos grandes rios e engole um boi. De* suu — *animal, e* cury *ou* curu — *roncador. Animal roncador, porque de feito o ronco da sucuri é medonho.*

IV. Se é que tens sangue e não mel — *Alusão que faz o velho Andira ao nome de Irapuã, o qual, como se disse, significa mel redondo.*

P. 43, I. Ouve seu trovão — *Todo esse episódio do rugido da terra é uma astúcia, como usavam os pajés e os sacerdotes dessa nação selvagem para fascinar a imaginação do povo. A cabana estava assentada sobre um rochedo, onde havia uma galeria subterrânea que comunicava com a várzea por estreita abertura; Araquém tivera* *o cuidado de tapar com grandes pedras as duas aberturas, para ocultar a gruta dos guerreiros. Nessa ocasião a fenda inferior estava aberta, e o Pajé o sabia; abrindo a fenda superior, o ar encanou-se pelo antro espiral com estridor medonho, e de que pode dar uma ideia o sussurro dos caramujos. — O fato é, pois, natural; a aparência, sim, é maravilhosa.*

II. Maracá — *Pendão de guerra; de* marã — *combate, e* aca — *chifre, ponta. O maracá servia de estandarte aos tupis.*

III — Abati n'água — *Abati é o nome tupi do arroz; Iracema serve-se da imagem do arroz que só viça no alagado, para exprimir sua alegria.*

P. 49, I. Ubiratã — *Pau-ferro; de* ubira — *pau, e* antam — *duro.*

II. Maracajá — *Gato selvagem, de pele mosqueada.*

III. Caititus — *Porco-do-mato, espécie de javali brasileiro. De* caeté — *mato grande e virgem, e* suu — *caça, mudado o* s *em* t *na composição pela eufonia da língua. Caça do mato virgem.*

IV. Jaguar — *Vimos que guará significa voraz. Jaguar tem inquestionavelmente a mesma etimologia; é o verbal* guara *e o pronome* já — *nós. Jaguar era, pois, para os indígenas, todos os animais que os devoravam.* Jaguareté — *o grande devorador.*

V. Anajê — *Gavião.*

P. 50. Acauã — *Ave inimiga das cobras; de* caa — *pau, e* uan, *do verbo* u — *comer. Diz Aires do Casal que lhe vem o nome do grito que solta.*

P. 51. Saí — *Lindo pássaro, do qual há várias espécies, sendo a mais graciosa a do* saixê, *tanto pela plumagem como pelo canto.*

P. 52, I. À cintura da virgem — *Os indígenas chamavam a amante possuída aguaçaba; de* aba — *homem,* cua — *cintura,* çaba — *coisa própria; a mulher que o homem cinge ou traz à cintura. Fica, pois, claro o pensamento de Iracema.*

II. Carioba — *Camisa de algodão; de* cary — *branco, e* oba — *roupa. Tinha também a* araçoia, *de* arara *e* oba — *vestido de penas de arara.*

P. 53, I. Jaci — *A Lua. Do pronome* já — *nós, e* cy — *mãe. A Lua exprimia o mês para os selvagens; e seu nascimento era sempre por eles festejado.*

II. Fogos da alegria — *Chamavam os selvagens* tory — *os fachos ou fogos; e* toryba — *alegria, festa, grande cópia de fachos.*

P. 54. Bucã — *Significa uma espécie de grelha que os selvagens faziam para assar a caça; daí vem o verbo francês* boucaner. *A palavra provém da língua tupi ou guarani.*

P. 56. Abaeté — *Varão abalizado; de* aba — *homem, e* etê — *forte, egrégio.*

P. 58, I. Jacaúna — *Jacarandá preto, de* jaca — *abreviação de jacarandá, e* una — *preto. Este* Jacaúna *é o célebre chefe, amigo de Martim Soares Moreno.*

II. Cuandu — *Porco-espinho.*

III. Seu colar de guerra — *O colar que os selvagens faziam dos dentes dos inimigos vencidos, era um brasão e troféu de valentia.*

P. 59, I. Japi — *Significa nosso pé; do pronome* já — *nós,* py — *pé.*

II. Ibiapina — *De* iby — *terra, e* apino — *tosquiar.*

III. Jatobá — *Grande árvore real. O lugar da cena é o sítio da hoje Vila Viçosa, onde diz a tradição ter nascido Camarão.*

P. 61. Meruoca — *De* meru — *mosca, e* oca — *casa. Serra junto de Sobral, fértil em mantimentos.*

P. 62, I. Uruburetama — *Pátria ou ninho de urubus: serra bastante alta.*

II. Mundaú — *Rio muito tortuoso, que nasce na serra de Uruburetama.* Mundé — *cilada, e* hu — *rio.*

III. Potengi — *Rio que rega a cidade de Natal, donde era filho Soares Moreno.*

IV. As saborosas traíras — *É o rio Trairi, trinta léguas ao norte da capital. De* traíra — *peixe, e* y — *rio. Hoje é povoação e distrito de paz.*

V. Piroquara — *De* pira — *peixe, e* coara — *toca.*

VI. Soipé — *País da caça. De* soo — *caça e* ipé — *lugar onde. Diz-se hoje Suipé, rio e povoação pertencente à freguesia e termo* *da Fortaleza, situada à margem dos alagados chamados Jaguaruçu, na embocadura do rio.*

P. 63, I. Cauípe — *De* cauim — *vinho de caju, e* ipe — *lugar onde.*

II. Rio que forma um braço do mar — *É o* Parnaíba, *rio de Piauí. Vem de* pará — *mar,* nhanhe — *correr, e* hyba — *braço; braço corrente do mar. Geralmente se diz que* pará *significa rio e* paraná *mar; é inteiramente o contrário.*

III. Mocoripe — *Morro de areia na enseada do mesmo nome, a uma légua da Fortaleza. Vem de* Corib — *alegrar, e* mo, *partícula ou abreviatura do verbo* monhang — *fazer, que se junta aos verbos neutros e mesmo ativos para dar-lhes significação passiva; ex.:* caneon — *afligir-se*, mocaneon — *fazer alguém aflito.*

P. 64, I. Brancos tapuias — *Em tupi* — tapuitinga. *Nome que os pitiguaras davam aos franceses para diferençá-los dos tupinambás.* Tapuia *significa bárbaro, inimigo. De* taba — *aldeia, e* puir — *fugir: os fugidos da aldeia.*

II. Mairi — *Cidade. Talvez provenha o nome de* mair — *estrangeiro, e fosse aplicado aos povoados dos brancos em oposição às tabas dos índios.*

P. 65, I. Batuireté — *Narceja ilustre; de* batuira *e* eté. *Apelido que tomara o chefe pitiguara, e que na linguagem figurada valia tanto como valente nadador. É o nome de uma serra fertilíssima e da comarca que ela ocupa.*

II. Suas estrelas eram muitas — *Contavam os indígenas os anos pelo nascimento das plêiades no Oriente; e também costumavam guardar uma castanha de cada estação de caju, para marcar a idade.*

III. Jatobá — *Árvore frondosa, talvez de* jetahy, oba — *folha, e* a, *aumentativo: jetaí de grande copa. É o nome de um rio e de uma serra em Santa Quitéria.*

IV. Quixeramobim — *Segundo o Dr. Martius, traduz-se por essa exclamação de saudade. Compõe-se de* Qui — *ah!*, xere — *meus,* amôbinhê — *outros tempos.*

V. Caminho das garças — *Em tupi* Acarape, *povoação na freguesia de Baturité a nove léguas da capital.*

VI. Maranguab — *A serra de Maranguape, distante cinco léguas da capital, e notável pela sua fertilidade e formosura. O nome* *indígena compõe-se de* maran *— guerrear e* couab *— sabedor;* maran *talvez seja abreviação de* maramonhang *— fazer guerra, se não é, como eu penso, o substantivo simples guerra, de que se fez o verbo composto. O Dr. Martius traz etimologia diversa.* Mara *— árvore,* angai *— de nenhuma maneira,* guabe *— comer. Esta etimologia nem me parece própria do objeto, que é uma serra, nem conforme com os preceitos da língua.*

P. 66, I. Pirapora *— Rio de Maranguape, notável pela frescura de suas águas e excelência dos banhos chamados de Pirapora, no lagar das cachoeiras. Provém o nome de* Pira *— peixe,* pore *— salto; salto do peixe.1*

II. O gavião branco *— Batuireté chama assim o guerreiro branco, ao passo que trata o neto por narceja; ele profetiza nesse paralelo a destruição de sua raça pela raça branca.*

P. 67, I. Porangaba *— Significa beleza. É uma lagoa distante da cidade uma légua, em sítio aprazível. Hoje a chamam Arronches; em suas margens está a decadente povoação do mesmo nome.*

II. Jereraú *— Rio das marrecas: de* jerere *ou* irerê *— marreca, e* hu *— água. Este lugar ainda hoje é notável pela excelência da fruta, com especialidade as belas laranjas conhecidas por* laranjas de Jereraú.

III. Sapiranga *— Lagoa no sítio Alagadiço Novo, a cerca de duas léguas da capital. O nome indígena significa olhos vermelhos, de* ceça *— olhos, e* piranga *— vermelhos. Esse mesmo nome dão usualmente no Norte a certa oftalmia.*

IV. Muritiapuá *— De* muriti *— nome da palmeira mais vulgarmente conhecida por buriti, e* apua *— ilha. Lugarejo no mesmo sítio referido.*

P. 68, I. Aratanha *— De* arara *— ave, e* tanha *— bico. Serra mui fértil e cultivada, em continuação da de Maranguape.*

II. Guaiúba *— De* goaia *— vale,* y *— água,* jur *— vir,* be *— por onde: por onde vêm as águas do vale. Rio que nasce na serra da Aratanha e corta a povoação do mesmo nome a seis léguas da capital.*

III. Pacatuba *— De* paca *e* tuba, *leito ou couto das pacas. Recente, mas importante povoação, em um belo vale da serra da Aratanha.*

P. 69. Âmbar — *As praias do Ceará eram nesse tempo abundantes de âmbar que o mar arrojava. Chamavam-lhe os indígenas* pira repoti — *esterco de peixe.*

P. 70, I. Coatiabo — *A História menciona esse fato de Martim Soares Moreno se ter coatiado quando vivia entre os selvagens do Ceará.* — Coatiá *significa pintar. A desinência* abo *significa o objeto que sofreu a ação do verbo, e sem dúvida provém de* aba — *gente, criatura.*

II. Colibri — *Desse letargo do colibri no inverno fala Simão de Vasconcelos.*

III. Carbeto — *Espécie de serão que faziam os índios à noite em uma cabana maior, onde todos se reuniam para conversar. Leia-se Ives d'Evreux,* Viagem ao Norte do Brasil.

P. 74, I. Mecejana — *Lagoa e povoação a duas léguas da capital. O verbo* cejar *significa — abandonar; a desinência* ana *indica a pessoa que exercita a ação do verbo.* Cejana *significa — o que abandona. Junta à partícula* mo *do verbo* monhang — *fazer, vem a palavra a significar — o que fez abandonar ou que foi lugar e ocasião de abandonar. A opinião geral é que o nome deste povoado provém de Portugal, como Soure e Arronches. Nesse caso devia escrever-se Mesejana, do árabe masjana.*

Ora, nos mais antigos documentos encontra-se Mecejana, *com* c, *o que indicaria uma alteração pouco natural, quando o Ceará foi exclusivamente povoado por portugueses, os quais conservaram em sua pureza todos os outros nomes de origem lusitana.*

II. Monguba — *Árvore que dá um fruto cheio de cotão, semelhante ao da sumaúna, com a diferença de ser escuro. Daí veio o nome de uma parte da serra de Maranguape.*

P. 75, I. Imbu — *Fruta da serra do Araripe que não tem no litoral. É saborosa e semelhante ao cajá.*

II. Jacarecanga — *Morro de areia na praia do Ceará afamado pela fonte de água fresca puríssima. Vem o nome de* Jacaré — *crocodilo e* acanga — *cabeça.*

P. 77, I. Japim — *Pássaro cor de ouro com encontros pretos e conhecido vulgarmente pelo nome de* sofrê.

II. Folha escura — *A murta, que os indígenas chamavam* capixuna, *de* caa — *rama, folhagem, e* pixuna — *escuro. Daí vem a figura de que usa Iracema para exprimir a tristeza que ela produz no esposo.*

P. 78, I. Tupinambás — *Nação formidável, ramo primitivo da grande raça tupi. Depois de uma resistência heroica, não podendo expulsar os portugueses da Bahia, emigraram até o Maranhão, onde fizeram aliança com os franceses, que já então infestavam aquelas paragens. O nome que eles se davam significa — gente parente dos tupis, de* tupi — anama — aba.

II. Enseada dos papagaios — *É a baía da* Jericoacoara, *de* jeru — *papagaio,* cua — *várzea,* coara — *buraco ou seio: enseada da várzea dos papagaios. É um dos bons portos do Ceará.*

III. Maracatim — *Grande barco que levava na proa* — tim — *um* maracá. *Aos barcos menores ou canoas chamavam* igara, *de* ig — *água, e* jara — *senhor; senhora d'água.*

P. 79. Caiçara — *De* cai — *pau queimado e a desinência* çara, *coisa que tem, ou se faz; o que se faz de pau queimado. Era uma forte estacada de pau a pique.*

P. 80. Moacir — *Filho do sofrimento: de* moacy — *dor, e* ira — *desinência que significa — saído de.*

P. 81. Chupou tua alma — *Criança em tupi é* pitanga, *de* piter — *chupar, e* anga — *alma; chupa alma. Seria porque as crianças atraem e deleitam aos que as veem? Ou porque absorvem uma porção d'alma dos pais? Caubi fala nesse último sentido.*

P. 82. Carimã — *Uma conhecida preparação de mandioca.* Caric — *correr, mani — mandioca: — mandioca escorrida.*

P. 83, I. Tauape — *Lugar do barro amarelo: de* tauá *e* ipé. *Fica no caminho de Maranguape.*

II. Piau — *Peixe que deu o nome do rio Piauí.*

III. Velha taba — *Tradução de* Tapui-tapera. *Assim chamava-se um dos estabelecimentos dos tupinambás no Maranhão.*

P. 84, I. Itaoca — *Casa de pedra, fortaleza.*

II. Manacá — *Linda flor. Veja-se o que diz a respeito o Sr. Gonçalves Dias em seu dicionário.*

P. 85. Cupim — *Inseto conhecido. O nome compõe-se de* co — *buraco, e* pim — *ferrão.*

P. 86. Albuquerque — *Jerônimo de Albuquerque, chefe da expedição ao Maranhão em 1612.*

❖

Carta ao Dr. Jaguaribe

Eis-me de novo, conforme o prometido.

Já leu o livro e as notas que o acompanham, conversemos pois.

Conversemos sem cerimônia, em toda familiaridade, como se cada um estivesse recostado em sua rede, ao vaivém do lânguido balanço, que convida à doce prática.

Se algum leitor curioso se puser à escuta, deixá-lo. Não havemos por isso de mudar o tom rasteiro da intimidade pela frase garrida das salas.

Sem mais.

Há de recordar-se você de uma noite que entrando em minha casa, quatro anos a esta parte, achou-me rabiscando um livro. Era isso em uma quadra importante, pois que uma nova legislatura, filha de nova lei, fazia sua primeira sessão; e o país tinha os olhos nela, de quem esperava iniciativa generosa para melhor situação.

Já estava eu meio descrido das cousas, e mais dos homens; e por isso buscava na literatura diversão à tristeza que me infundia o estado da pátria entorpecida pela indiferença. Cuidava eu porém que você, político de antiga e melhor têmpera, pouco se preocupava com as cousas literárias, não por menospreço, sim por vocação.

A conversa que tivemos então revelou meu engano; achei um cultor e amigo da literatura amena; e juntos lemos alguns trechos da obra, que tinha, e ainda não as perdeu, pretensões a um poema.

É como viu e como então lhe esbocei a largos traços, uma heroida que tem por assunto as tradições dos indígenas brasileiros e seus costumes. Nunca me lembrara eu de dedicar-me a esse gênero de literatura, de que me abstive sempre, passados que foram os primeiros e fugaces arroubos da juventude. Suporta-se uma prosa medíocre, e até estima-se pelo quilate da ideia; mas o verso medíocre é a pior triaga que se possa impingir ao pio leitor.

Cometi a imprudência quando escrevia algumas cartas sobre a Confederação dos Tamoios de dizer: "as tradições dos indígenas dão matéria para um grande poema que talvez um dia alguém apresente sem ruído nem aparato, como modesto fruto de suas vigílias".

Tanto bastou para que supusessem que o escritor se referia a si, e tinha já em mão o poema; várias pessoas perguntaram-me por ele. Meteu-me isto em brios literários; sem calcular das forças mínimas para empresa tão grande, que assoberbou dois ilustres poetas, tracei o plano da obra, e a comecei com tal vigor que a levei quase de um fôlego ao quarto canto.

Esse fôlego, susteve-se cerca de cinco meses, mas amorteceu; e vou lhe confessar o motivo.

Desde cedo, quando começaram os primeiros pruridos literários, uma espécie de instinto me impelia a imaginação para a raça selvagem indígena. Digo instinto, porque não tinha eu então estudos bastantes para apreciar devidamente a nacionalidade de uma literatura; era simples prazer que movia-me à leitura das crônicas e memórias antigas.

Mais tarde, discernindo melhor as cousas, lia as produções que se publicavam sobre o tema indígena; não realizavam elas a poesia nacional, tal como me aparecia no estudo da vida selvagem dos autóctones brasileiros. Muitas pecavam pelo abuso dos termos indígenas acumulados uns sobre outros, o que não só quebrava a harmonia da língua portuguesa, como perturbava a inteligência do texto. Outras eram primorosas no estilo e ricas de belas imagens; porém faltava-lhes certa rudez ingênua de pensamento e expressão, que devia ser a linguagem dos indígenas.

Gonçalves Dias é o poeta nacional por excelência; ninguém lhe disputa na opulência da imaginação, no fino lavor do verso, no conhecimento da natureza brasileira e dos costumes selvagens. Em suas poesias americanas aproveitou muitas das mais lindas tradições dos indígenas; e em seu poema não concluído dos Timbiras, propôs-se a descrever a epopeia brasileira.

Entretanto, os selvagens de seu poema falam uma linguagem clássica, o que lhe foi censurado por outro poeta de grande estro, o Dr. Bernardo Guimarães; eles exprimem ideias próprias do homem civilizado, e que não é verossímil tivessem no estado da natureza.

Sem dúvida que o poeta brasileiro tem de traduzir em sua língua as ideias, embora rudes e grosseiras, dos índios; mas nessa tradução está a grande dificuldade; é preciso que a língua civilizada se molde quanto possa à singeleza primitiva da língua bárbara: e não represente as imagens e pensamentos indígenas senão por termos e frases que ao leitor pareçam naturais na boca do selvagem.

O conhecimento da língua indígena é o melhor critério para a nacionalidade da literatura. Ele nos dá não só o verdadeiro estilo, como as imagens poéticas do selvagem, os modos de seu pensamento, as tendências de seu espírito, e até as menores particularidades de sua vida.

É nessa fonte que deve beber o poeta brasileiro; é dela que há de sair o verdadeiro poema nacional, tal como eu o imagino.

Cometendo portanto o grande arrojo, aproveitei o ensejo de realizar as ideias que me flutuavam no espírito, e não eram ainda plano fixo; a reflexão consolidou-as e robusteceu.

Na parte escrita da obra foram elas vazadas em grande cópia. Se a investigação laboriosa das belezas nativas feita sobre imperfeitos e espúrios dicionários, exauria o espírito; a satisfação de cultivar essas flores agrestes da poesia brasileira, deleitava. Um dia, porém, fatigado da contínua e aturada meditação, para descobrir a etimologia de algum vocábulo, assaltou-me um receio.

Todo este ímprobo trabalho que às vezes custava uma só palavra, me seria levado à conta? Saberiam que esse escrópulo d'ouro fino tinha sido desentranhado da profunda camada, onde dorme uma raça extinta? Ou pensariam que fora achado na superfície e trazido ao vento da fácil inspiração?

E sobre esse, logo outro receio.

A imagem ou pensamento com tanta fadiga esmerilhados, seriam apreciados em seu justo valor, pela maioria dos leitores? Não os julgariam inferiores a qualquer das imagens em voga, usadas na literatura moderna?

Ocorre-me um exemplo tirado deste livro. Guia, chamavam os indígenas, senhor do caminho, piguara. A beleza da expressão selvagem em sua tradução literal e etimológica, me parece bem saliente. Não diziam sabedor, embora tivessem termo próprio, *couab*, porque essa frase não exprimiria a energia de seu pensamento. O caminho no estado selvagem não existe; não é cousa de saber; faz-se na ocasião da marcha através da floresta ou do campo, e em certa direção; aquele que o tem e o dá, é realmente senhor do caminho.

Não é bonito? Não está aí uma joia da poesia nacional?

Pois haverá quem prefira a expressão — rei do caminho, embora os brasis não tivessem rei, nem ideia de tal instituição. Outros se inclinaram à palavra guia, como mais simples e natural em português, embora não corresponda ao pensamento do selvagem.

Ora, escrever um poema que devia alongar-se para correr o risco de não ser entendido, e quando entendido não apreciado, era para desanimar o mais robusto talento, quanto mais a minha mediocridade. Que fazer? Encher o livro de grifos que o tornariam mais confuso e de notas que ninguém lê? Publicar a obra parcialmente para que os entendidos proferissem o veredicto literário? Dar leitura dela a um círculo escolhido, que emitisse juízo ilustrado?

Todos estes meios tinham seu inconveniente, e todos foram repelidos: o primeiro afeava o livro; o segundo o truncava em pedaços; o terceiro não lhe aproveitaria pela cerimoniosa benevolência dos censores. O que pareceu melhor e mais acertado foi desviar o espírito dessa obra e dar-lhe novos rumos.

Mas não se abandona assim um livro começado, por pior que ele seja; aí nessas páginas cheias de rasuras e borrões dorme a larva do pensamento, que pode ser ninfa de asas douradas, se a inspiração fecundar o grosseiro casulo. Nas diversas pausas de suas preocupações o espírito volvia pois ao livro, onde estão ainda incubados e estarão cerca de dois mil versos heroicos.

Conforme a benevolência ou severidade de minha consciência, às vezes os acho bonitos e dignos de verem a luz; outras me parecem vulgares, monótonos, e somenos a quanta prosa charra tenho eu estendido sobre o papel. Se o amor de pai abranda afinal esse rigor, não desvanece porém nunca o receio de "perder inutilmente meu tempo a fazer versos para caboclos".

Em um desses volveres do espírito à obra começada, lembrou-me de fazer uma experiência em prosa. O verso pela sua dignidade e nobreza não comporta certa flexibilidade de expressão que entretanto não vai mal à prosa a mais elevada. A elasticidade da frase permitiria então que se empregassem com mais clareza as imagens indígenas, de modo a não passarem desapercebidas. Por outro lado conhecer-se-ia o efeito que havia de ter o verso pelo efeito que tivesse a prosa.

O assunto para a experiência, de antemão estava achado. Quando em 1848 revi nossa terra natal, tive a ideia de aproveitar suas lendas e tradições em alguma obra literária. Já em São Paulo tinha começado uma biografia do Camarão. Sua mocidade, a heroica amizade que o ligava a Soares Moreno, a bravura e lealdade de Jacaúna, aliado dos portugueses, e suas guerras contra o célebre Mel-Redondo; aí estava o tema. Faltava-lhe o perfume que derrama sobre as paixões do homem a alma da mulher.

Sabe você agora o outro motivo que eu tinha de lhe endereçar o livro; precisava dizer todas estas cousas, contar o como e por que escrevi Iracema. E com quem melhor conversaria sobre isso do que com uma testemunha de meu trabalho, a única, das poucas, que respira agora as auras cearenses?

Este livro é pois um ensaio ou antes mostra. Verá realizadas nele minhas ideias a respeito da literatura nacional; e achará aí poesia inteiramente brasileira, haurida na língua dos selvagens. A etimologia dos nomes das diversas localidades, e certos modos de dizer tirados da composição das palavras, são de cunho original.

Compreende você que não podia eu derramar em abundância essas riquezas no livrinho agora publicado, porque elas ficariam desfloradas na obra de maior vulto, a qual só teria a novidade da fábula. Entretanto há aí de sobra para dar matéria à crítica e servir de base ao juízo dos entendidos.

Se o público ledor gostar dessa forma literária que me parece ter algum atrativo, então se fará um esforço para levar ao cabo o começado poema, embora o verso tenha perdido muito de seu primitivo encanto. Se porém o livro for acoimado de cediço, e Iracema encontrar a usual indiferença que vai acolhendo o bom e o mau com a mesma complacência, quando não é silêncio desdenhoso e ingrato; nesse caso o autor se desenganará de mais este gênero de literatura, como já se desenganou do teatro, e os versos, como as comédias, passarão para a gaveta dos papéis velhos, relíquias autobiográficas.

Depois de concluído o livro e quando o reli já apurado na estampa, conheci que me tinham escapado senões que se devem corrigir; noto algum excesso de comparações, repetição de certas imagens, desalinho no estilo dos últimos capítulos. Também me parece que devia conservar aos nomes das localidades sua atual versão, embora corrompida.

Se a obra tiver segunda edição será escoimada destes e outros defeitos, que lhe descubram os entendidos.

Agosto, 1865.

José de Alencar

Cinco Minutos

A D...

1

É uma história curiosa a que lhe vou contar, minha prima. Mas é uma história, e não um romance.

Há mais de dois anos, seriam seis horas da tarde, dirigi-me ao Rocio para tomar o ônibus de Andaraí.

Sabe que sou o homem o menos pontual que há neste mundo; entre os meus imensos defeitos e as minhas poucas qualidades, não conto a *pontualidade*, essa virtude dos reis, e esse mau costume dos ingleses.

Entusiasta da liberdade, não posso admitir de modo algum que um homem se escravize ao seu relógio e regule as suas ações pelo movimento de uma pequena agulha de aço ou pelas oscilações de uma pêndula.

Tudo isto quer dizer que, chegando ao Rocio, não vi mais ônibus algum; o empregado a quem dirigi-me respondeu:

— Partiu há cinco minutos.

Resignei-me, e esperei pelo ônibus de sete horas.

Anoiteceu.

Fazia uma noite de inverno fresca e úmida; o céu estava calmo, mas sem estrelas.

À hora marcada chegou o ônibus, e apressei-me a ir tomar o meu lugar.

Procurei, como costumo, o fundo do carro, a fim de ficar livre das conversas monótonas dos recebedores, que de ordinário têm sempre uma anedota insípida a contar, ou uma queixa a fazer sobre o mau estado dos caminhos.

O canto já estava ocupado por um monte de sedas, que deixou escapar-se um ligeiro farfalhar, conchegando-se para dar-me lugar.

Sentei-me; prefiro sempre o contato da seda à vizinhança da casimira ou do pano.

O meu primeiro cuidado foi ver se conseguia descobrir o rosto e as formas que se escondiam nessas nuvens de seda e de rendas.

Era impossível.

Além de a noite estar escura, um maldito véu que caía de um chapeuzinho de palha não me deixava a menor esperança.

Resignei-me, e assentei que o melhor era cuidar de outra coisa.

Já o meu pensamento tinha-se lançado a galope pelo mundo da fantasia, quando de repente fui obrigado a voltar por uma circunstância bem simples.

Senti no meu braço o contato suave de um outro braço, que me parecia macio e aveludado como uma folha de rosa.

Quis recuar, mas não tive ânimo; deixei-me ficar na mesma posição, e cismei que estava sentado perto de uma mulher que me amava e que se apoiava sobre mim.

Pouco e pouco fui cedendo àquela atração irresistível e reclinando-me insensivelmente; a pressão tornou-se mais forte; senti o seu ombro tocar de leve o meu peito; e a minha mão impaciente encontrou uma mãozinha delicada e mimosa, que deixou-se apertar a medo.

Assim, fascinado ao mesmo tempo pela minha ilusão e por este contato voluptuoso, esqueci-me, a ponto que, sem saber o que fazia, inclinei a cabeça e colei os meus lábios ardentes nesse ombro, que estremecia de emoção.

Ela soltou um grito, que foi tomado naturalmente como susto causado pelos solavancos do ônibus, e refugiou-se no canto.

Meio arrependido do que tinha feito, voltei-me como para olhar pela portinhola do carro, e, aproximando-me dela, disse-lhe quase ao ouvido:

— Perdão!

Não respondeu; conchegou-se ainda mais ao canto.

Tomei uma resolução heroica.

— Vou descer, não a incomodarei mais.

Ditas estas palavras rapidamente, de modo que só ela ouvisse, inclinei-me para mandar parar.

Mas senti outra vez a sua mãozinha, que apertava docemente a minha, como para impedir-me de sair.

Está entendido que não resisti, e que deixei-me ficar; ela conservava-se sempre longe de mim, mas tinha-me abandonado a mão, que eu beijava respeitosamente.

De repente veio-me uma ideia. Se fosse feia! se fosse velha! se fosse uma e outra coisa!

Fiquei frio, e comecei a refletir.

Esta mulher, que sem me conhecer me permitia o que só se permite ao homem que se ama, não podia deixar com efeito de ser feia e muito feia.

Não lhe sendo fácil achar um namorado de dia, ao menos agarrava-se a este, que de noite e às cegas lhe proporcionara o acaso.

É verdade que essa mão delicada, essa espádua aveludada... Ilusão! Era a disposição em que eu estava!

A imaginação é capaz de maiores esforços ainda.

Nesta marcha, o meu espírito em alguns instantes tinha chegado a uma convicção inabalável sobre a fealdade de minha vizinha.

Para adquirir a certeza renovei o exame que tentara a princípio: porém, ainda desta vez, foi baldado; estava tão bem envolvida no seu mantelete e no seu véu, que nem um traço do rosto traía o seu incógnito.

Mais uma prova! Uma mulher bonita deixa-se admirar, e não se esconde como uma pérola dentro da sua ostra.

Decididamente era feia, enormemente feia!

Nisto ela fez um movimento entreabrindo o seu mantelete, e um bafejo suave de aroma de sândalo exalou-se.

Aspirei voluptuosamente essa onda de perfume, que se infiltrou em minha alma como um eflúvio celeste.

Não se admire, minha prima; tenho uma teoria a respeito dos perfumes.

A mulher é uma flor que se estuda, como a flor-do-campo, pelas suas cores, pelas suas folhas e sobretudo pelo seu perfume.

Dada a cor predileta de uma mulher desconhecida, o seu modo de trajar e o seu perfume favorito, vou descobrir com a mesma exatidão de um problema algébrico se ela é bonita ou feia.

De todos estes indícios, porém, o mais seguro é o perfume; e isto por um segredo da natureza, por uma lei misteriosa da criação, que não sei explicar.

Por que é que Deus deu o aroma mais delicado à rosa, ao heliotrópio, à violeta, ao jasmim, e não a essas flores sem graça e sem beleza, que só servem para realçar as suas irmãs?

É decerto por esta mesma razão que Deus só dá à mulher linda esse tato delicado e sutil, esse gosto apurado, que sabe distinguir o aroma o mais perfeito.

Já vê, minha prima, porque esse odor de sândalo foi para mim como uma revelação.

Só uma mulher distinta, uma mulher de sentimento, sabe compreender toda a poesia desse perfume oriental, desse *hatchiss* do olfato, que nos embala nos sonhos brilhantes das *Mil e uma noites*, que nos fala da Índia, da China, da Pérsia, dos esplendores da Ásia e dos mistérios do berço do sol.

O sândalo é o perfume das odaliscas de Estambul e das huris do profeta; como as borboletas que se alimentam de mel, a mulher do Oriente vive com as gotas dessa essência divina.

Seu berço é de sândalo; seus colares, suas pulseiras, o seu leque, são de sândalo; e, quando a morte vem quebrar o fio dessa existência feliz, é ainda em uma urna de sândalo que o amor guarda as suas cinzas queridas.

Tudo isto passou-me pelo pensamento como um sonho, enquanto eu aspirava ardentemente essa exalação fascinadora, que foi a pouco e pouco desvanecendo-se.

Era bela!

Tinha toda a certeza; desta vez era uma convicção profunda e inabalável.

Com efeito, uma mulher de distinção, uma mulher de alma elevada, se fosse feia, não dava sua mão a beijar a um homem que podia repeli-la quando a conhecesse; não se expunha ao escárnio e ao desprezo.

Era bela!

Mas não a podia ver, por mais esforços que fizesse.

O ônibus parou; uma outra senhora ergueu-se e saiu.

Sentia a sua mão apertar a minha mais estreitamente; vi uma sombra passar diante de meus olhos no meio do *ruge-ruge* de um vestido, e quando dei acordo de mim, o carro rodava e eu tinha perdido a minha visão.

Ressoava-me ainda ao ouvido uma palavra murmurada, ou antes suspirada quase imperceptivelmente:

— *Non ti scordar di me!...*

Lancei-me fora do ônibus; caminhei à direita e à esquerda; andei como um louco até nove horas da noite.

Nada!

2

Quinze dias se passaram depois de minha aventura.

Durante este tempo é escusado dizer-lhe as extravagâncias que fiz.

Fui todos os dias a Andaraí no ônibus das sete horas, para ver se encontrava a minha desconhecida; indaguei de todos os passageiros se a conheciam, e não obtive a menor informação.

Estava a braços com uma paixão, minha prima, e com uma paixão de primeira força e de alta pressão, capaz de fazer vinte milhas por hora.

Quando saía, não via ao longe um vestido de seda preta e um chapéu de palha que não lhe desse caça, até fazê-lo chegar à abordagem.

No fim descobria alguma velha ou alguma costureira desjeitosa, e continuava tristemente o meu caminho, atrás dessa sombra impalpável, que eu procurava havia quinze longos dias, isto é, um século para o pensamento de um amante.

Um dia estava em um baile, triste e pensativo, como um homem que ama uma mulher e que não conhece a mulher que ama.

Recostei-me a uma porta, e daí via passar diante de mim uma miríade brilhante e esplêndida, pedindo a todos aqueles rostos indiferentes um olhar, um sorriso, que me desse a conhecer aquela que eu procurava.

Assim preocupado, quase não dava fé do que se passava junto de mim, quando senti um leque tocar no meu braço, e uma voz que vivia no meu coração, uma voz que cantava dentro de minha alma, murmurou:

— *Non ti scordar di me!...*

Voltei-me.

Corri um olhar pelas pessoas que estavam junto de mim, e apenas vi uma velha que passeava pelo braço de seu cavalheiro, abanando-se com um leque.

— Será ela, meu Deus? — pensei eu horrorizado.

E, por mais que fizesse, os meus olhos não se podiam destacar daquele rosto cheio de rugas.

A velha tinha uma expressão de bondade e de sentimento que devia atrair a simpatia; mas naquele momento essa beleza moral, que iluminava aquela fisionomia inteligente, pareceu-me horrível e até repugnante.

Amar quinze dias uma sombra, sonhá-la bela como um anjo, e por fim encontrar uma velha de cabelos brancos, uma velha *coquette* e namoradeira!

Não, era impossível! Naturalmente a minha desconhecida tinha fugido antes que eu tivesse tempo de vê-la.

Essa esperança consolou-me; mas durou apenas um segundo.

A velha falou, e na sua voz eu reconheci, apesar de tudo, apesar de mim, o timbre doce e aveludado que ouvira duas vezes.

Em face da evidência não havia mais que duvidar. Eu tinha amado uma velha, tinha beijado a sua mão enrugada com delírio, tinha vivido quinze dias de sua lembrança.

Era para fazer-me enlouquecer ou rir; não me ri nem enlouqueci, mas fiquei com um tal tédio e um aborrecimento de mim mesmo que não posso exprimir.

Que peripécias, que lances, porém, não me reservava ainda esse drama, tão simples e obscuro!

Não distingui as primeiras palavras da velha logo que ouvi a sua voz; foi só passado o primeiro espanto que percebi o que dizia.

— Ela não gosta de bailes.

— Pois admira — replicou o cavalheiro —; na sua idade!

— Que quer! não acha prazer nestas festas ruidosas, e nisto mostra bem que é minha filha.

A velha tinha uma filha, e isto podia explicar a semelhança extraordinária da voz. Agarrei-me a esta sombra, como um homem que caminha no escuro.

Resolvi-me a seguir a velha toda a noite, até que ela se encontrasse com sua filha; desde este momento era o meu fanal, a minha estrela polar.

A senhora e o seu cavalheiro entraram na saleta da escada. Separado dela um instante pela multidão, ia segui-la.

Nisto ouço uma voz alegre dizer da saleta:

— Vamos, mamã!

Corri, e apenas tive tempo de perceber os folhos de um vestido preto, envolto num largo *burnous* de seda branca, que desapareceu ligeiramente na escada.

Atravessei a saleta tão depressa como me permitiu a multidão, e, pisando calos, dando encontrões à direita e à esquerda, cheguei enfim à porta da saída.

O meu vestido preto sumiu-se pela portinhola de um cupê, que partiu a trote largo.

Voltei ao baile desanimado; a minha única esperança era a velha; por ela podia tomar informações, saber quem era a minha desconhecida, indagar o seu nome e a sua morada, acabar enfim com este enigma, que me matava de emoções violentas e contrárias.

Indaguei dela.

Mas como era possível designar uma velha da qual eu só sabia pouco mais ou menos a idade?

Todos os meus amigos tinham visto muitas velhas, porém não tinham olhado para elas.

Retirei-me triste e abatido, como um homem que se vê em luta contra o impossível.

De duas vezes que a minha visão me tinha aparecido, só me restavam uma lembrança, um perfume e uma palavra!

Nem sequer um nome!

A todo momento parecia-me ouvir na brisa da noite essa frase do *Trovador*, tão cheia de melancolia e de sentimento, que resumia para mim toda uma história.

Desde então não se representava uma só vez esta ópera que eu não fosse ao teatro, ao menos para ter o prazer de ouvi-la repetir.

A princípio, por uma intuição natural, julguei que *ela* devia, como eu, admirar essa sublime harmonia de Verdi, que devia também ir sempre ao teatro.

O meu binóculo examinava todos os camarotes com uma atenção meticulosa; via moças bonitas ou feias, mas nenhuma delas me fazia palpitar o coração.

Entrando uma vez no teatro e passando a minha revista costumada, descobri finalmente na terceira ordem sua mãe, a minha estrela, o fio de Ariadne que me podia guiar neste labirinto de dúvidas.

A velha estava só na frente do camarote, e de vez em quando voltava-se para trocar uma palavra com alguém sentado no fundo.

Senti uma alegria inefável.

O camarote próximo estava vazio; perdi quase todo o espetáculo a procurar o cambista incumbido de vendê-lo. Por fim achei-o, e subi de um pulo as três escadas.

O coração queria saltar-me quando abri a porta do camarote e entrei.

Não me tinha enganado; junto da velha vi um chapeuzinho de palha com um véu preto rocegado, que não me deixava ver o rosto da pessoa a quem pertencia.

Mas eu tinha adivinhado que era *ela*; e sentia um prazer indefinível em olhar aquelas rendas e fitas, que me impediam de conhecê-la, mas que ao menos lhe pertenciam.

Uma das fitas do chapéu tinha caído do lado do meu camarote, e, em risco de ser visto, não pude suster-me e beijei-a a furto.

Representava-se a *Traviata*, e era o último ato; o espetáculo ia acabar, e eu ficaria no mesmo estado de incerteza.

Arrastei as cadeiras do camarote, tossi, deixei cair o binóculo, fiz um barulho insuportável, para ver se *ela* voltava o rosto.

A plateia pediu silêncio; todos os olhos procuraram conhecer a causa do rumor; porém *ela* não se moveu; com a cabeça meio inclinada sobre a coluna, em uma lânguida inflexão, parecia toda entregue ao encanto da música.

Tomei um partido.

Encostei-me à mesma coluna, e em voz baixa balbuciei estas palavras:

— Não me esqueço!

Estremeceu, e, baixando rapidamente o véu, conchegou ainda mais o largo *burnous* de cetim branco.

Cuidei que ia voltar-se, mas enganei-me; esperei muito tempo, e debalde.

Tive então um movimento de despeito e quase de raiva; depois de um mês que eu amava sem esperança, que eu guardava a maior fidelidade à sua sombra, *ela* me recebia friamente.

Revoltei-me.

— Compreendo agora — disse eu em voz baixa e como falando a um amigo que estivesse a meu lado —, compreendo por que ela me foge, por que conserva esse mistério; tudo isto não passa de uma zombaria cruel, de uma comédia, em que eu faço o papel de amante ridículo. Realmente é uma lembrança engenhosa! Lançar em um coração o germe de um amor profundo; alimentá-lo de tempos a tempos com uma palavra, excitar a imaginação pelo mistério; e depois, quando esse namorado de uma sombra, de um sonho, de uma ilusão, passear pelo salão a sua figura triste e abatida, mostrá-lo a suas amigas como uma vítima imolada aos seus caprichos, e escarnecer do louco! É espirituoso! O orgulho da mais vaidosa mulher deve ficar satisfeito!

Enquanto eu proferia estas palavras, repassadas de todo o fel que tinha no coração, a Charton modulava com a sua voz sentimental essa linda ária final da *Traviata*, interrompida por ligeiros acessos de uma tosse seca.

Ela tinha curvado a cabeça e não sei se ouvia o que eu lhe dizia ou o que a Charton cantava; de vez em quando as suas espáduas se agitavam com um tremor convulsivo, que eu tomei injustamente por um movimento de impaciência.

O espetáculo terminou, as pessoas do camarote saíram, e *ela*, levantando sobre o chapéu o capuz de seu manto, acompanhou-as lentamente.

Depois, fingindo que se tinha esquecido de alguma coisa, tornou a entrar no camarote, e estendeu-me a mão.

— Não saberá nunca o que me fez sofrer — disse-me com a voz trêmula.

Não pude ver-lhe o rosto; fugiu, deixando-me o seu lenço impregnado desse mesmo perfume de sândalo e todo molhado de lágrimas ainda quentes.

Quis segui-la; mas ela fez um gesto tão suplicante que não tive ânimo de desobedecer-lhe.

Estava como dantes; não a conhecia, não sabia nada a seu respeito; porém ao menos possuía alguma coisa dela; o seu lenço era para mim uma relíquia sagrada.

Mas as lágrimas? Aquele sofrimento de que ela falava? O que queria dizer tudo isto?

Não compreendia; se eu tinha sido injusto, era uma razão para não continuar a esconder-se de mim. Que queria dizer este mistério, que parecia obrigada a conservar?

Todas estas perguntas e as conjeturas a que elas davam lugar não me deixaram dormir.

Passei uma noite de vigília a fazer suposições, cada qual mais desarrazoada.

3

Recolhendo-me no dia seguinte, achei em casa uma carta.

Antes de abri-la conheci que era dela, porque lhe tinha imprimido esse suave perfume que a cercava como uma auréola.

Eis o que dizia:

> Julga mal de mim, meu amigo; nenhuma mulher pode escarnecer de um nobre coração como o seu.
>
> Se me oculto, se fujo, é porque há uma fatalidade que a isto me obriga. E só Deus sabe quanto me custa esse sacrifício, porque o amo!
>
> Mas não devo ser egoísta e trocar sua felicidade por um amor desgraçado.
>
> Esqueça-me.
>
> C.

Reli não sei quantas vezes esta carta, e, apesar da delicadeza de sentimento que parecia ter ditado suas palavras, o que para mim tornava-se bem claro é que ela continuava a fugir-me.

Essa assinatura era a mesma letra que marcava o seu lenço, e à qual eu desde a véspera pedia debalde um nome!

Fosse qual fosse esse motivo que ela chamava uma fatalidade, e que eu supunha ser apenas escrúpulo, senão uma zombaria, o melhor era aceitar o seu conselho e fazer por esquecê-la.

Refleti então friamente sobre a extravagância da minha paixão, e assentei que com efeito precisava tomar uma resolução decidida.

Não era possível que continuasse a correr atrás de um fantasma que esvaecia-se quando ia tocá-lo.

Aos grandes males os grandes remédios, como diz Hipócrates. Resolvi fazer uma viagem.

Mandei selar o meu cavalo, meti alguma roupa em um saco de viagem, embrulhei-me no meu capote e saí, sem me importar com a manhã de chuva que fazia.

Não sabia para onde iria. O meu cavalo levou-me para o Engenho-Velho, e eu daí encaminhei-me para a Tijuca, onde cheguei ao meio-dia todo molhado e fatigado pelos maus caminhos.

Se algum dia se apaixonar, minha prima, aconselho-lhe as viagens como um remédio soberano e talvez o único eficaz.

Deram-me um excelente almoço no hotel; fumei um charuto, e dormi doze horas, sem ter um sonho, sem mudar de lugar.

Quando acordei, o dia despontava sobre as montanhas da Tijuca.

Uma bela manhã, fresca e rociada das gotas de orvalho, desdobrava o seu manto de azul por entre a cerração, que se desvanecia aos raios do sol.

O aspecto desta natureza quase virgem, esse céu brilhante, essa luz esplêndida caindo em cascatas de ouro sobre as encostas dos rochedos, serenou-me completamente o espírito.

Fiquei alegre, o que há muito tempo não me sucedia.

O meu hóspede, um inglês franco e cavalheiro, convidou-me para acompanhá-lo à caça; gastamos todo o dia a correr atrás de duas ou três marrecas e a bater as margens da Restinga.

Assim passei nove dias na Tijuca, vivendo uma vida estúpida quanto pode ser: dormindo, caçando e jogando o bilhar.

Na tarde do décimo dia, quando já me supunha perfeitamente curado e estava contemplando o sol, que se escondia por detrás dos montes, e a lua, que derramava no espaço a sua luz doce e acetinada, fiquei triste de repente.

Não sei que caminho tomaram as minhas ideias; o caso é que daí a pouco descia a serra no meu cavalo, lamentando esses nove dias, que talvez me tivessem feito perder para sempre a minha desconhecida.

Acusava-me de infidelidade, de traição; a minha fatuidade dizia-me que eu devia ao menos ter-lhe dado o prazer de ver-me.

Que importava que ela me ordenasse que a esquecesse? Não me tinha confessado que me amava, e não devia eu resistir e vencer essa fatalidade, contra a qual ela, fraca mulher, não podia lutar?

Tinha vergonha de mim mesmo; achava-me egoísta, cobarde, irrefletido, e revoltava-me contra tudo, contra o meu cavalo que me levara à Tijuca, e o meu hóspede, cuja amabilidade ali me havia demorado.

Com esta disposição de espírito cheguei à cidade, mudei de traje, e ia sair, quando o meu moleque deu-me uma carta.

Era dela.

Causou-me uma surpresa misturada de alegria e de remorso:

Meu amigo.

Sinto-me com coragem de sacrificar o meu amor à sua felicidade; mas ao menos deixe-me o consolo de amá-lo.

Há dois dias que espero debalde vê-lo passar, e acompanhá-lo de longe com um olhar! Não me queixo; não sabe nem deve saber em que ponto de seu caminho o som de seus passos faz palpitar um coração amigo.

Parto hoje para Petrópolis, donde voltarei breve; não lhe peço que me acompanhe, porque devo ser-lhe sempre uma desconhecida, uma sombra escura que passou um dia pelos sonhos dourados de sua vida.

Entretanto eu desejava vê-lo ainda uma vez, apertar a sua mão e dizer-lhe adeus para sempre.

C.

A carta tinha a data de 3; nós estávamos a 10; havia oito dias que ela partira para Petrópolis e que me esperava.

No dia seguinte embarquei na Prainha e fiz essa viagem da baía, tão pitoresca, tão agradável, e ainda tão pouco apreciada.

Mas então a majestade dessas montanhas de granito, a poesia desse vasto seio de mar, sempre alisado como um espelho, os grupos de ilhotas graciosas que bordam a baía, nada disto me preocupava.

Só tinha uma ideia... chegar; e o vapor caminhava menos rápido do que meu pensamento.

Durante a viagem pensava nessa circunstância que a sua carta me revelara, e fazia-me por lembrar de todas as ruas por onde costumava passar, para ver se adivinhava aquela onde ela morava, e donde todos os dias me via sem que eu suspeitasse.

Para um homem como eu, que andava todo o dia desde a manhã até a noite, a ponto de merecer que a senhora, minha prima, me apelidasse de Judeu Errante, este trabalho era improfícuo.

Quando cheguei a Petrópolis, eram cinco horas da tarde; estava quase noite.

Entrei nesse hotel suíço, ao qual nunca mais voltei, e enquanto me serviam um magro jantar, que era o meu almoço, tomei informações.

— Têm subido estes dias muitas famílias? — perguntei eu ao criado.

— Não, senhor.

— Mas há coisa de oito dias não vieram da cidade duas senhoras?

— Não estou certo.

— Pois indague, que preciso saber e já; *isto*... o ajudará a obter informações.

A fisionomia sisuda do criado expandiu-se ao tinir da moeda, e a língua adquiriu a sua elasticidade natural.

— Talvez o senhor queira falar de uma senhora já idosa que veio acompanhada de sua filha?

— É isso mesmo.

— A moça parece-me doente; nunca a vejo sair.

— Onde está morando?

— Aqui perto, na rua de...

— Não conheço as ruas de Petrópolis; o melhor é acompanhar-me e vir mostrar-me a casa.

— Sim, senhor.

O criado seguiu-me, e tomamos por uma das ruas agrestes da cidade alemã.

4

A noite estava escura.

Era uma dessas noites de Petrópolis, envoltas em nevoeiro e cerração.

Caminhávamos mais pelo tato do que pela vista, dificilmente

distinguíamos os objetos a uma pequena distância; e muitas vezes, quando o meu guia se apressava, o seu vulto perdia-se nas trevas.

Em alguns minutos chegamos em face de um pequeno edifício construído a alguns passos do alinhamento, e cujas janelas estavam esclarecidas por uma luz interior.

— É ali.

— Obrigado.

O criado voltou, e eu fiquei junto dessa casa, sem saber o que ia fazer.

A ideia de que estava perto dela, que via a luz que a esclarecia, que tocava a relva que ela pisara, fazia-me feliz.

É coisa singular, minha prima! O amor que é insaciável e exigente, e não se satisfaz com tudo quanto uma mulher pode dar, que deseja o impossível, às vezes contenta-se com um simples gozo d'alma, com uma dessas emoções delicadas, com um desses *nadas*, dos quais o coração faz um mundo novo e desconhecido.

Não pense, porém, que eu fui a Petrópolis só para contemplar com enlevo as janelas de um chalé; não; ao passo que sentia esse prazer, refletia no meio de vê-la e de falar-lhe.

Mas como?...

Se soubesse todos os expedientes, cada qual mais extravagante, que inventou a minha imaginação! Se visse a elaboração tenaz a que se entregava o meu espírito para descobrir um meio de dizer-lhe que eu estava ali e a esperava!

Por fim achei um; se não era o melhor, era o mais pronto.

Desde que chegara, tinha ouvido uns prelúdios de piano, mas tão débeis que pareciam antes tirados por uma mão distraída que roçava o teclado, do que por uma pessoa que tocasse.

Isto me fez lembrar que ao meu amor se prendia a recordação de uma bela música de Verdi; e foi quanto bastou.

Cantei, minha prima, ou antes assassinei aquela linda *romanza*; os que me ouvissem tomar-me-iam por algum furioso; mas ela me compreenderia.

E de fato, quando eu acabei de estropiar esse trecho magnífico de harmonia e sentimento, o piano, que havia emudecido, soltou um trilo brilhante e sonoro, que acordou os ecos adormecidos no silêncio da noite.

Depois daquela cascata de sons majestosos, que se precipitavam em ondas de harmonia do seio daquele turbilhão de notas que se cruzavam, deslizou plangente, suave e melancólica uma voz que sentia e palpitava, exprimindo todo o amor que respira a melodia sublime de Verdi.

Era ela que cantava!

Oh! não posso pintar-lhe, minha prima, a expressão profundamente triste, a angústia de que ela repassou aquela frase de despedida:

Non ti scordar di me.
Addio!...

Partia-me a alma.

Apenas acabou de cantar, vi desenhar-se uma sombra em uma das janelas; saltei a grade do jardim; mas as venezianas descidas não me permitiam ver o que se passava na sala.

Sentei-me sobre uma pedra e esperei.

Não se ria, D...; estava resolvido a passar ali a noite ao relento, olhando para aquela casa, e alimentando a esperança de que ela viria ao menos com uma palavra compensar o meu sacrifício.

Não me enganei.

Havia meia hora que a luz da sala tinha desaparecido e que toda a casa parecia dormir, quando abriu-se uma das portas do jardim, e eu vi, ou antes, pressenti a sua sombra na sala.

Recebeu-me com surpresa, sem temor, naturalmente, e como se eu fosse seu irmão ou seu marido. É porque o amor puro tem bastante delicadeza e bastante confiança para dispensar o falso pejo, o pudor de convenção de que às vezes costumam cercá-lo.

— Eu sabia que sempre havias de vir — disse-me ela.

— Oh! não me culpes! se soubesses!

— Eu culpar-te? Quando mesmo não viesses, não tinha o direito de queixar-me.

— Porque não me amas!

— Pensas isto? — disse-me com uma voz cheia de lágrimas.

— Não! não!... Perdoa!

— Perdoo-te, meu amigo, como já te perdoei uma vez; julgas que te fujo, que me oculto de ti, porque não te amo, e entretanto não sabes que a maior felicidade para mim seria poder dar-te a minha vida.

— Mas então por que esse mistério?

— Esse mistério, bem sabes, não é uma coisa criada por mim, e sim pelo acaso; se o conservo, é porque, meu amigo..., tu não me deves amar.

— Não te devo amar! Mas eu amo-te!...

Ela recostou a cabeça ao meu ombro, e eu senti uma lágrima cair sobre meu seio.

Estava tão perturbado, tão comovido dessa situação incompreensível, que senti-me vacilar, e deixei-me cair sobre o sofá.

Ela sentou-se junto de mim; e, tomando-me as duas mãos, disse-me um pouco mais calma:

— Tu dizes que me amas!

— Juro-te!

— Não te iludes talvez?

— Se a vida não é uma ilusão, respondi, penso que não, porque a minha vida agora és tu, ou antes a tua sombra.

— Muitas vezes toma-se um capricho por amor; tu não conheces de mim, como dizes, senão a minha sombra!...

— Que me importa?...

— E se eu fosse feia? — disse ela rindo.

— Tu és bela como um anjo! Tenho toda a certeza.

— Quem sabe?

— Pois bem; convence-me — disse eu passando-lhe o braço pela cintura e procurando levá-la para uma sala vizinha, donde filtravam os raios de uma luz.

Ela desprendeu-se do meu braço.

A sua voz tornou-se grave e triste.

— Escuta, meu amigo; falemos seriamente. Tu dizes que me amas; eu o creio, eu o sabia antes mesmo que me dissesses. As almas como as nossas quando se encontram, se reconhecem e se compreendem. Mas ainda é tempo; não julgas que mais vale conservar uma doce recordação do que entregar-se a um amor sem esperança e sem futuro?...

— Não, mil vezes não! Não entendo o que queres dizer; o meu amor, o meu, não precisa de futuro e de esperança, porque o tem em si, porque viverá sempre!...

— Eis o que eu temia; e entretanto eu sabia que assim havia de acontecer; quando se tem a tua alma, ama-se uma só vez.

— Então por que exiges de mim um sacrifício que sabes ser impossível?

— Porque — disse ela com exaltação — porque, se há uma felicidade indefinível em duas almas que ligam sua vida, que se confundem na mesma existência, que só têm um passado e um futuro para ambas, que desde a flor da idade até à velhice caminham juntas para o mesmo horizonte, partilhando os seus prazeres e as suas mágoas, revendo-se uma na outra até o momento em que batem as asas e vão abrigar-se no seio de Deus, deve ser cruel, bem cruel, meu amigo, quando, tendo-se apenas encontrado, uma dessas duas almas irmãs fugir deste mundo, e a outra, viúva e triste, for condenada a levar sempre no seu seio uma ideia de morte, a trazer essa recordação, que, como um crepe de luto, envolverá a sua bela mocidade, a fazer do seu coração, cheio de vida e de amor, um túmulo para guardar as cinzas do passado! Oh! deve ser horrível!...

A exaltação com que falava tinha-se tornado uma espécie de delírio; sua voz, sempre tão doce e aveludada, parecia alquebrada pelo cansaço da respiração.

Ela caiu sobre o meu seio, agitando-se convulsivamente em um acesso de tosse.

5

Assim ficamos muito tempo imóveis, ela, com a fronte apoiada sobre o meu peito, eu, sob a impressão triste de suas palavras.

Por fim ergueu a cabeça; e, recobrando a sua serenidade, disse-me com um tom doce e melancólico:

— Não pensas que melhor é esquecer do que amar assim?

— Não! Amar, sentir-se amado, é sempre um gozo imenso e um grande consolo para a desgraça. O que é triste, o que é cruel, não é essa viuvez da alma separada de sua irmã, não; aí há um sentimento que vive, apesar da morte, apesar do tempo. É, sim, esse vácuo do coração que não tem uma afeição no mundo, e que passa como um estranho por entre os prazeres que o cercam.

— Que santo amor, meu Deus! Era assim que eu sonhava ser amada!...

— E me pedias que te esquecesse!...

— Não! não! Ama-me; quero que me ames, ao menos...

— Não me fugirás mais?

— Não.

— E me deixarás ver aquela que eu amo, e que não conheço? — perguntei sorrindo.

— Desejas?

— Suplico-te!

— Não sou eu tua?...

Lancei-me para a saleta onde havia luz, e coloquei o lampião sobre a mesa do gabinete em que estávamos.

Para mim, minha prima, era um momento solene; toda essa paixão violenta, incompreensível, todo esse amor ardente por um vulto de mulher, ia depender talvez de um olhar.

E tinha medo de ver esvaecer-se, como um fantasma em face da realidade, essa visão poética de minha imaginação, essa criação que resumia todos os tipos.

Foi, portanto, com uma emoção extraordinária que, depois de colocar a luz, voltei-me.

Ah!...

Eu sabia que era bela; mas a minha imaginação apenas tinha esboçado o que Deus criara.

Ela olhava-me e sorria.

Era um ligeiro sorriso, uma flor que desfolhava-se nos seus lábios, um reflexo que iluminava o seu lindo rosto.

Seus grandes olhos negros fitavam em mim um desses olhares lânguidos e aveludados que afagam os seios d'alma.

Um anel de cabelos negros brincava-lhe sobre o ombro, fazendo sobressair a alvura diáfana de seu colo gracioso.

Tudo quanto a arte tem sonhado de belo e de voluptuoso desenhava-se naquelas formas soberbas, naqueles contornos harmoniosos que se destacavam entre as ondas de cambraia de seu roupão branco.

Vi tudo isto de um só olhar, rápido, ardente e fascinado! depois fui ajoelhar-me diante dela, e esqueci-me a contemplá-la.

Ela me sorria sempre, e se deixava admirar.

Por fim tomou-me a cabeça entre as mãos, e seus lábios fecharam-me os olhos com um beijo.

— Ama-me — disse.

O sonho esvaeceu-se.

A porta da sala fechou-se sobre ela; tinha-me fugido.

Voltei ao hotel.

Abri a minha janela, e sentei-me ao relento.

A brisa da noite trazia-me de vez em quando um aroma de plantas agrestes que me causava íntimo prazer.

Fazia-me lembrar da vida campestre, dessa existência doce e tranquila que se passa longe das cidades, quase no seio da natureza.

Pensava como seria feliz vivendo com ela em algum canto isolado, onde pudéssemos abrigar o nosso amor em um leito de flores e de relva.

Fazia na imaginação um idílio encantador, e sentia-me tão feliz que não trocaria a minha cabana pelo mais rico palácio da terra.

Ela me amava.

Só essa ideia embelezava tudo para mim; a noite escura de Petrópolis parecia-me poética e o murmurejar triste das águas do canal tornava-se-me agradável.

Uma coisa, porém, perturbava essa felicidade; era um ponto negro, uma nuvem escura que toldava o céu da minha noite de amor.

Lembrava-me daquelas palavras tão cheias de angústia e tão sentidas, que pareciam explicar a causa de sua reserva para comigo: havia nisto um quer que seja que eu não compreendia.

Mas esta lembrança desaparecia logo sob a impressão de seu sorriso, que eu tinha em minh'alma, de seu olhar, que eu guardava no coração, e de seus lábios, cujo contato ainda sentia.

Dormi embalado por estes sonhos e só acordei quando um raio de sol, alegre e travesso, veio bater-me nas pálpebras e dar-me o *bom-dia*.

O meu primeiro pensamento foi ir saudar a minha casinha; estava fechada.

Eram oito horas.

Resolvi dar um passeio para disfarçar a minha impaciência; voltando ao hotel, o criado disse-me terem trazido um objeto que recomendaram me fosse entregue logo.

Em Petrópolis não conhecia ninguém; devia ser dela.

Corri ao meu quarto, e achei sobre a mesa uma caixinha de pau-cetim; na tampa havia duas letras de tartaruga incrustadas: C. L.

A chave estava fechada em uma sobrecarta com endereço a mim; dispus-me a abrir a caixa com a mão trêmula e tomado por um triste pressentimento.

Parecia-me que naquele cofre perfumado estava encerrada a minha vida, o meu amor, toda a minha felicidade.

Abri.

Continha o seu retrato, alguns fios de cabelos e duas folhas de papel escritas por ela e que li de surpresa em surpresa.

6

Eis o que ela me dizia:

> Devo-te uma explicação, meu amigo.
>
> Esta explicação é a história da minha vida, breve história, da qual escreveste a mais bela página.

Cinco meses antes do nosso primeiro encontro completava eu os meus dezesseis anos, a vida começava a sorrir-me.

A educação rigorosa que me dera minha mãe, me conservara menina até àquela idade, e foi só quando ela julgou dever correr o véu que ocultava o mundo aos meus olhos, que eu perdi as minhas ideias de infância e as minhas inocentes ilusões.

A primeira vez que fui a um baile, fiquei deslumbrada no meio daquele turbilhão de cavalheiros e damas, que girava em torno de mim sob uma atmosfera de luz, de música, de perfumes.

Tudo me causava admiração; esse abandono com que as mulheres se entregavam ao seu par de valsa, esse sorriso constante e sem expressão que uma moça parece tomar na porta da entrada para só deixá-lo à saída, esses galanteios sempre os mesmos e sempre sobre um tema banal, ao passo que me excitavam a curiosidade, faziam desvanecer o entusiasmo com que tinha acolhido a notícia que minha mãe me dera da minha entrada nos salões.

Estavas nesse baile; foi a primeira vez que te vi.

Reparei que nessa multidão alegre e ruidosa tu só não dançavas nem galanteavas, e passeavas pelo salão como um espectador mudo e indiferente, ou talvez como um homem que procurava uma mulher e só via *toilettes*.

Compreendi-te, e durante muito tempo segui-te com os olhos; ainda hoje me lembro dos teus menores gestos, da expressão do teu rosto e do sorriso de fina ironia que às vezes fugia-te pelos lábios.

Foi a única recordação que trouxe dessa noite, e quando adormeci, os meus doces sonhos de infância, que, apesar do baile, vieram de novo pousar nas alvas cortinas de meu leito, apenas foram interrompidos um instante pela tua imagem, que me sorria.

No dia seguinte reatei o fio de minha existência, feliz, tranquila e descuidosa, como costuma ser a existência de uma moça aos dezesseis anos.

Algum tempo depois fui a outros bailes e ao teatro, porque minha mãe, que guardara a minha infância, como um avaro esconde o seu tesouro, queria fazer brilhar a minha mocidade.

Quando cedia ao seu pedido e me ia aprontar, enquanto preparava o meu simples traje, murmurava:

— Talvez ele esteja.

E esta lembrança, não só me tornava alegre, mas fazia com que procurasse parecer bela, para te merecer um primeiro olhar.

Ultimamente era eu quem, cedendo a um sentimento que não

sabia explicar, pedia a minha mãe para irmos a um divertimento, só na esperança de encontrar-te.

Nem suspeitavas então que, entre todos aqueles vultos indiferentes, havia um olhar que te seguia sempre e um coração que adivinhava os teus pensamentos, que expandia-se quando te via sorrir, e contraía-se quando uma sombra de melancolia anuviava o teu semblante.

Se pronunciavam o teu nome diante de mim, corava e na minha perturbação julgava que tinham lido esse nome nos meus olhos ou dentro de minh'alma, onde eu bem sabia que ele estava escrito.

E, entretanto, nem sequer ainda me tinhas visto; se teus olhos haviam passado alguma vez por mim, tinha sido em um desses momentos em que a luz se volta para o íntimo, e se olha, mas não se vê.

Consolava-me, porém, que algum dia o acaso nos reuniria, e então não sei o que me dizia que era impossível não me amares.

O acaso deu-se, mas quando a minha existência já se tinha completamente transformado.

Ao sair de um desses bailes apanhei uma pequena constipação, de que não fiz caso. Minha mãe teimava que eu estava doente, e eu achava-me apenas um pouco pálida e sentia às vezes um ligeiro calafrio, que eu curava sentando-me ao piano e tocando alguma música de bravura.

Um dia, porém, achei-me mais abatida; tinha as mãos e os lábios ardentes, a respiração era difícil, e ao menor esforço umedecia-se-me a pele com uma transpiração que me parecia gelada.

Atirei-me sobre um sofá, e, com a cabeça recostada ao colo de minha mãe, caí em um letargo que não sei quanto tempo durou. Lembro-me somente que, no momento mesmo em que ia despertando dessa sonolência que se apoderara de mim, vi minha mãe sentada à cabeceira de meu leito chorando, e um homem dizia-lhe algumas palavras de consolo, que eu ouvi como em sonho:

— Não desespere, minha senhora; a ciência não é infalível, nem os meus diagnósticos são sentenças irrevogáveis. Pode ser que a natureza e as viagens a salvem. Mas é preciso não perder tempo.

O homem partiu.

Não tinha compreendido as suas palavras, às quais não ligava o menor sentido.

Passado um instante, ergui tranquilamente os olhos para minha mãe, que escondeu o lenço e tragou em silêncio o seu pranto e os seus soluços.

— Tu choras, mamãe?

— Não, minha filha... não... não é nada.

— Mas tu estás com os olhos cheios de lágrimas!... — disse eu assustada.

— Ah! sim!... uma notícia triste que me contaram há pouco... sobre uma pessoa... que tu não conheces.

— Quem é este senhor que estava aqui?

— É o Dr. Valadão, que te veio visitar.

— Então eu estou muito doente, boa mamãe?

— Não, minha filha, ele assegurou que não tens nada; é apenas um incômodo nervoso.

E minha querida mãe, não podendo mais conter as lágrimas que lhe saltavam dos olhos, fugiu pretextando uma ordem a dar.

Então, à medida que a minha inteligência ia saindo do letargo, comecei a refletir sobre o que se tinha passado.

Aquele desmaio tão longo, aquelas palavras que eu ouvira ainda entre as névoas de um sono agitado, as lágrimas de minha mãe e a sua repentina aflição, o tom condoído com que o médico lhe falara...

Um raio de luz esclareceu de repente o meu espírito.

Estava desenganada.

O poder da ciência, o olhar profundo, seguro, infalível, desse homem que lê no corpo humano como em um livro aberto, tinha visto no meu seio um átomo imperceptível.

E esse átomo, era o verme que devia destruir as fontes da vida, apesar dos meus dezesseis anos, apesar de minha organização, apesar de minha beleza e dos meus sonhos de felicidade!

Aqui terminava a primeira folha, que eu acabei de ler entre as lágrimas que me inundavam as faces e caíam sobre o papel.

Era este o segredo de sua estranha reserva; era a razão por que me fugia, por que se ocultava, por que ainda na véspera dizia que se tinha imposto o sacrifício de nunca ser amada por mim.

Que sublime abnegação, minha prima! E, como eu me sentia pequeno e mesquinho à vista desse amor tão nobre!

7

Continuei a ler:

Sim, meu amigo!...

Estava condenada a morrer; estava atacada dessa moléstia fatal e traiçoeira, cujo dedo descarnado nos toca no meio dos prazeres e dos risos, nos arrasta ao leito, e do leito ao túmulo, depois de ter escarnecido da natureza, transfigurando as suas mais belas criações em múmias animadas.

É impossível descrever-te o que se passou então em mim; foi um desespero mudo e concentrado, mas que me prostrou em uma atonia profunda; foi uma angústia pungente e cruel.

As rosas da minha vida apenas se entreabriam, e já eram bafejadas por um hálito infetado; já tinham no seio o germe de morte que devia fazê-las murchar!

Meus sonhos de futuro, minhas tão risonhas esperanças, meu puro amor, que nem sequer ainda tinha colhido o primeiro sorriso, este horizonte, que há pouco me parecia tão brilhante, tudo isto era uma visão que ia sumir-se, uma luz que lampejava prestes a extinguir-se.

Foi preciso um esforço sobre-humano para esconder de minha mãe a certeza que eu tinha sobre o meu estado, e para gracejar dos seus temores, que eu chamava imaginários.

Boa mãe! Desde então só viveu para consagrar-se exclusivamente à sua filha, para envolvê-la com esse desvelo e essa proteção que Deus deu ao coração materno, para abrigar-me com suas preces, sua solicitude e seus carinhos, para lutar à força de amor e de dedicação contra o destino.

Logo no dia seguinte fomos para Andaraí, onde ela alugara uma chácara, e aí, graças a seus cuidados, adquiri tanta saúde, tanta força, que me julgaria boa se não fosse a sentença fatal que pesava sobre mim.

Que tesouro de sentimento e de delicadeza que é um coração de mãe, meu amigo! Que tato delicado, que sensibilidade apurada, possui esse amor sublime!

Nos primeiros dias, quando ainda estava muito abatida e era obrigada a agasalhar-me, se visses como ela pressentia as rajadas de um vento frio antes que ele agitasse os renovos dos cedros do jardim, como adivinhava a menor neblina antes que a primeira gota umedecesse a laje do nosso terraço!

Fazia tudo por distrair-me; brincava comigo como uma camarada de colégio; achava prazer nas menores coisas para excitar-me a imitá-la; tornava-se menina e obrigava-me a ter caprichos.

Enfim, meu amigo, se fosse a dizer-te tudo, escreveria um livro e esse livro deves ter lido no coração de tua mãe, porque todas as mães se parecem.

Ao cabo de um mês tinha recobrado a saúde para todos, exceto para mim, que às vezes sentia um quer que seja como uma contração, que não era dor, mas que me dizia que o mal estava ali, e dormia apenas.

Foi nesta ocasião que te encontrei no ônibus de Andaraí; quando entravas, a luz do lampião iluminou-te o rosto e eu reconheci-te.

Faze ideia que emoção sentira quando te sentaste junto de mim.

O mais tu sabes; eu te amava, e era tão feliz de ter-te ao meu lado, de apertar a tua mão, que nem me lembrava como te devia parecer ridícula uma mulher que, sem te conhecer, te permitia tanto.

Quando nos separamos, arrependi-me do que tinha feito.

Com que direito ia eu perturbar a tua felicidade, condenar-te a um amor infeliz e obrigar-te a associar tua vida a uma existência triste, que talvez não te pudesse dar senão os tormentos de seu longo martírio?!

Eu te amava; mas, já que Deus não me tinha concedido a graça de ser tua companheira neste mundo, não devia ir roubar ao teu lado e no teu coração o lugar que outra mais feliz, porém menos dedicada, teria de ocupar.

Continuei a amar-te, mas impus-me a mim mesma o sacrifício de nunca ser amada por ti.

Vês, meu amigo, que não era egoísta e preferia a tua à minha felicidade. Tu farias o mesmo, estou certa.

Aproveitei o mistério do nosso primeiro encontro, e esperei que alguns dias te fizessem esquecer essa aventura e quebrassem o único e bem frágil laço que te prendia a mim.

Deus não quis que acontecesse assim; vendo-te só em um baile, tão triste, tão pensativo, procurando um ser invisível, uma sombra, e querendo descobrir os seus vestígios em algum dos rostos que passavam diante de ti, senti um prazer imenso.

Conheci que tu me amavas; e, perdoa, fiquei orgulhosa dessa paixão ardente, que uma só palavra minha havia criado, desse poder do meu amor, que, por uma força de atração inexplicável, tinha-te ligado à minha sombra.

Não pude resistir.

Aproximei-me, disse-te uma palavra sem que tivesses tempo de ver-me; foi essa mesma palavra que resume todo o poema do nosso amor, e que depois do primeiro encontro era, como ainda hoje, a minha prece de todas as noites.

Sempre que me ajoelho diante do meu crucifixo de marfim, depois de minha oração, ainda com os olhos na cruz e o pensamento em Deus, chamo a tua imagem para pedir-te que não *te esqueças de mim*.

Quando tu te voltaste ao som da minha voz, eu tinha entrado no *toilette*; e pouco depois saí desse baile, onde apenas acabava de entrar, tremendo da minha imprudência, mas alegre e feliz por te ter visto ainda uma vez.

Deves agora compreender o que me fizeste sofrer no teatro quando me dirigias aquela acusação tão injusta, no momento mesmo em que a Charton cantava a ária da *Traviata*.

Não sei como não me traí naquele momento e não te disse tudo; o teu futuro, porém, era sagrado para mim, e eu não devia destruí-lo para satisfação de meu amor-próprio ofendido.

No dia seguinte escrevi-te; e assim, sem me trair, pude ao menos reabilitar-me na tua estima: doía-me muito que, ainda mesmo não me conhecendo, tivesses sobre mim uma ideia tão injusta e tão falsa.

Aqui é preciso dizer-te que no dia seguinte ao do nosso primeiro encontro, tínhamos voltado à cidade, e eu via-te passar todos os dias diante de minha janela, quando fazias o teu passeio costumado à Glória.

Por detrás das cortinas seguia-te com o olhar, até que desaparecias no fim da rua, e este prazer, rápido como era, alimentava o meu amor, habituado a viver de tão pouco.

Depois da minha carta tu deixaste de passar dois dias, estava eu a partir para aqui, donde devia voltar unicamente para embarcar no paquete inglês.

Minha mãe, incansável nos seus desvelos, quer levar-me à Europa e fazer-me viajar pela Itália, pela Grécia, por todos os países de um clima doce.

Ela diz que é para mostrar-me os grandes modelos de arte e cultivar o meu espírito, mas eu sei que essa viagem é a sua única esperança, que não podendo nada contra a minha enfermidade, quer ao menos disputar-lhe a sua vítima durante mais algum tempo.

Julga que fazendo-me viajar, sempre me dará mais alguns dias de existência, como se estes sobejos de vida valessem alguma coisa para quem já perdeu a sua mocidade e o seu futuro.

Quando ia embarcar para aqui, lembrei-me que talvez não te visse mais, e diante dessa derradeira provança sucumbi. Ao menos o consolo de dizer-te adeus!...

Era o último!

Escrevi-te segunda vez; admirava-me da tua demora, mas tinha uma quase certeza de que havias de vir.

Não me enganei.

Vieste, e toda a minha resolução, toda a minha coragem cedeu, porque, sombra ou mulher, conheci que me amavas como eu te amo.

O mal estava feito.

Agora, meu amigo, peço-te por mim, pelo amor que me tens, que reflitas no que te vou dizer, mas que reflitas com calma e tranquilidade.

Para isto parti hoje de Petrópolis sem prevenir-te, e coloquei entre nós o espaço de vinte e quatro horas e uma distância de muitas léguas.

Desejo que não procedas precipitadamente, e que, antes de dizer-me uma palavra, tenhas medido todo o alcance que ela deve ter sobre o teu futuro.

Sabes o meu destino, sabes que sou uma vítima cuja hora está marcada, e que todo o meu amor, imenso, profundo, não te pode dar talvez dentro em bem pouco senão o sorriso contraído pela tosse, o olhar desvairado pela febre, e carícias roubadas aos sofrimentos.

É triste; e não deves imolar assim a tua bela mocidade, que ainda te reserva tantas venturas e talvez um amor como o que eu te consagro.

Deixo-te, pois, meu retrato, meus cabelos e minha história; guarda-os como uma lembrança e pensa algumas vezes em mim; beija esta folha muda, onde os meus lábios deixaram-te o adeus extremo.

Entretanto, meu amigo, se, como tu dizias ontem, a felicidade é amar e sentir-se amado; se te achas com forças de partilhar essa curta existência, esses poucos dias que me restam a passar sobre a terra, se me queres dar esse consolo supremo, único que ainda embelezaria minha vida, vem!

Sim, vem! iremos pedir ao belo céu da Itália mais alguns dias de vida para nosso amor; iremos onde tu quiseres, ou onde nos levar a Providência.

Errantes pelas vastas solidões dos mares ou pelos cimos elevados das montanhas, longe do mundo, sob o olhar protetor de Deus, à sombra dos cuidados de nossa mãe, viveremos tanto um como outro, encheremos de tanta afeição os nossos dias, as nossas horas, os nossos instantes, que, por curta que seja a minha existência, teremos vivido por cada minuto séculos de amor e de felicidade.

Eu espero; mas temo.

Espero-te como a flor desfalecida espera o raio de sol que deve aquecê-la, a gota de orvalho que pode animá-la, o hálito da brisa que vem bafejá-la. Porque para mim o único céu que hoje me sorri, são teus olhos; o calor que pode me fazer viver, é o do teu seio.

Entretanto temo, temo por ti, e quase peço a Deus que te inspire e te salve de um sacrifício talvez inútil!

Adeus para sempre, ou até amanhã!

Carlota

8

Devorei toda esta carta de um lanço de olhos.

Minha vista corria sobre o papel como o meu pensamento, sem parar, sem hesitar, poderia até dizer sem respirar.

Quando acabei de ler, só tinha um desejo: era o de ir ajoelhar-me a seus pés, e receber como uma bênção do céu esse amor sublime e santo.

Como sua mãe, lutaria contra o destino, cercá-la-ia de tanto afeto e de tanta adoração, tornaria sua vida tão bela e tão tranquila, prenderia tanto sua alma à terra, que lhe seria impossível deixá-la.

Criaria para ela com o meu coração um mundo novo, sem as misérias e as lágrimas deste mundo em que vivemos; um mundo só de ventura, onde a dor e o sofrimento não pudessem penetrar.

Pensava que devia haver no universo algum lugar desconhecido, algum canto de terra ainda puro do hálito do homem, onde a natureza virgem conservaria o perfume dos primeiros tempos da criação e o contato das mãos de Deus quando a formara.

Aí era impossível que o ar não desse vida; que o raio do sol não viesse impregnado de um átomo de fogo celeste; que a água, as árvores, a terra, cheia de tanta seiva e de tanto vigor, não inoculassem na criatura essa vitalidade poderosa da natureza no seu primitivo esplendor.

Iríamos, pois, a uma dessas solidões desconhecidas; o mundo abria-se diante de nós, e eu sentia-me com bastante força e bastante coragem para levar o meu tesouro além dos mares e das montanhas, até achar um retiro onde esconder a nossa felicidade.

Nesses desertos, tão vastos, tão extensos, não haveria sequer vida bastante para duas criaturas que apenas pediam um palmo de terra e um sopro de ar, a fim de poderem elevar a Deus, como uma prece constante, o seu amor tão puro?

Ela dava-me vinte e quatro horas para refletir, e eu não queria nem um minuto, nem um segundo.

Que me importavam o meu futuro e a minha existência se eu os sacrificaria de bom grado para dar-lhe mais um dia de vida?

Todas estas ideias, minha prima, cruzavam-se no meu espírito, rápidas e confusas, enquanto eu fechava na caixinha de pau-cetim os objetos preciosos que ela encerrava, copiava na minha carteira a sua morada, escrita no fim da carta, e atravessava o espaço que me separava da porta do hotel.

Aí encontrei o criado da véspera.

— A que horas parte a barca da Estrela?

— Ao meio-dia.

Eram onze horas; no espaço de uma hora eu faria as quatro léguas que me separavam daquele porto.

Lancei os olhos em torno de mim com uma espécie de desvario.

Não tinha um trono, como Ricardo III, para oferecer em troca de um cavalo; mas tinha a realeza do nosso século, tinha dinheiro.

A dois passos da porta do hotel estava um cavalo, que o seu dono tinha pela rédea.

— Compro-lhe este cavalo — disse eu caminhando para ele, sem mesmo perder tempo em cumprimentá-lo.

— Não pretendia vendê-lo — respondeu-me o homem cortesmente —; mas, se o senhor está disposto a dar o preço que ele vale...

— Não questiono sobre o preço; compro-lhe o cavalo arreado como está.

O sujeito olhou-me admirado; porque, a falar a verdade, os seus arreios nada valiam.

Quanto a mim, já tinha-lhe tomado as rédeas da mão; e, sentado no selim, esperava que me dissesse quanto tinha de pagar-lhe.

— Não repare, fiz uma aposta e preciso de um cavalo para ganhá-la.

Isto deu-lhe a compreender a singularidade do meu ato e a pressa que eu tinha; recebeu sorrindo o preço do seu animal, e disse, saudando-me com a mão de longe, porque já eu dobrava a rua:

— Estimo que ganhe a aposta; o animal é excelente!

Na verdade era uma aposta que eu tinha feito comigo mesmo, ou antes com a minha razão, a qual me dizia que era impossível apanhar a barca, e que eu fazia uma extravagância sem necessidade, pois bastava ter paciência por vinte e quatro horas.

Mas o amor não compreende esses cálculos e esses raciocínios próprios da fraqueza humana; criado com uma partícula do fogo divino, ele eleva o homem acima da terra, desprende-o da argila que o envolve, e dá-lhe força para dominar todos os obstáculos, para querer o impossível.

Esperar tranquilamente um dia para ir dizer-lhe que eu a amava e queria amá-la com todo o culto e admiração que me inspirava a sua nobre abnegação, me parecia quase uma infâmia.

Seria dizer-lhe que tinha refletido friamente, que tinha pesado todos os prós e os contras do passo que ia dar, que havia calculado como um egoísta a felicidade que ela me oferecia.

Não só a minha alma se revoltava contra esta ideia; mas parecia-me que ela, com a sua extrema delicadeza de sentimento, embora não se queixasse, sentiria ver-se o objeto de um cálculo e o alvo de um projeto de futuro.

A minha viagem foi uma corrida louca, esvairada, delirante. Novo Mazzepa, passava por entre a cerração da manhã, que cobria os píncaros da serrania, como uma sombra que fugia rápida e veloz.

Dir-se-ia que alguma rocha colocada em um dos cabeços da montanha tinha-se desprendido de seu alvéolo secular, e precipitando-se com todo o peso rolava surdamente pelas encostas.

O galopar do meu cavalo formava um único som, que ia reboando pelas grutas e cavernas, e confundia-se com o rumor das torrentes.

As árvores, cercadas de névoa, fugiam diante de mim como fantasmas; o chão desaparecia sob os pés do animal; às vezes parecia-me que a terra ia faltar-me, e que o cavalo e cavaleiro rolavam por algum desses abismos imensos e profundos, que devem ter servido de túmulos titânicos.

Mas, de repente, entre uma aberta de nevoeiro, eu via a linha azulada do mar, e fechava os olhos e atirava-me sobre o meu cavalo, gritando-lhe ao ouvido a palavra de Byron:

— *Away!*

Ele parecia entender-me, e precipitava essa corrida desesperada; não galopava, voava; seus pés, como impelidos por quatro molas de aço, nem tocavam a terra.

Assim, minha prima, devorando o espaço e a distância, foi ele, o nobre animal, abater-se a alguns passos apenas da praia; a coragem e as forças só o tinham abandonado com a vida, e no termo da viagem.

Em pé, ainda sobre o cadáver desse companheiro leal, via a coisa de uma milha o vapor que singrava ligeiramente para a cidade.

Aí fiquei perto de uma hora, seguindo com os olhos essa barca que a conduzia; e quando o casco desapareceu, olhei os frocos de fumaça do vapor, que se enovelavam no ar, e que o vento desfazia a pouco e pouco.

Por fim, quando tudo desapareceu, e que nada me falava dela, olhei ainda o mar por onde havia passado e o horizonte que a ocultava aos meus olhos.

O sol dardejava raios de fogo; mas eu nem me importava com o sol; todo o meu espírito e os meus sentidos se concentravam em um único pensamento; vê-la, vê-la em uma hora, em um momento, se possível fosse.

Um velho pescador arrastava nesse momento a sua canoa à praia. Aproximei-me e disse-lhe:

— Meu amigo, preciso ir à cidade, perdi a barca, e desejava que você me conduzisse na sua canoa.

— Mas se eu agora mesmo é que chego!

— Não importa; pagarei o seu trabalho, também o incômodo que isto lhe causa.

— Não posso, não, senhor, não é lá pela paga que eu digo que estou chegando; mas é que passar a noite no mar sem dormir não é lá das melhores coisas; e estou caindo de sono.

— Escute, meu amigo...

— Não se canse, senhor; quando eu digo não, é não; e está dito.

E o velho continuou a arrastar a sua canoa.

— Bem, não falemos mais nisto; mas conversemos.

— Lá isto como o senhor quiser.

— A sua pesca rende-lhe bastante?

— Qual! rende nada!...

— Ora diga-me! Se houvesse um meio de fazer-lhe ganhar em um só dia o que pode ganhar em um mês, não enjeitaria decerto?

— Isto é coisa que se pergunte?

— Quando mesmo fosse preciso embarcar depois de passar uma noite em claro no mar?

— Ainda que devesse remar três dias com três noites, sem dormir nem comer.

— Nesse caso, meu amigo, prepare-se, que vai ganhar o seu mês de pescaria; leve-me à cidade.

— Ah! isto já é outro falar; por que não disse logo?...

— Era preciso explicar-me?!

— Bem diz o ditado que é falando que a gente se entende.

— Assim, é negócio decidido. Vamos embarcar?

— Com licença; preciso de um instantinho para prevenir a mulher; mas é um passo lá e outro cá.

— Olhe, não se demore; tenho muita pressa.

— É em um fechar de olhos — disse ele correndo na direção da vila.

Mal tinha feito vinte passos, parou, hesitou, e por fim voltou lentamente pelo mesmo caminho.

Eu tremia; julgava que se tinha arrependido, que vinha apresentar-me alguma nova dificuldade. Chegou-se para mim de olhos baixos e coçando a cabeça.

— O que temos, meu amigo? — perguntei-lhe com uma voz que esforçava por tornar calma.

— É que... o senhor disse que pagava um mês...

— Decerto; e, se duvida — disse levando a mão ao bolso.

— Não, senhor, Deus me defenda de desconfiar do senhor! Mas é que... sim, não vê, o mês agora tem menos um dia que os outros!

Não pude deixar de sorrir-me do temor do velho; nós estávamos com efeito, no mês de fevereiro.

— Não se importe com isto; está entendido que, quando eu digo um mês, é um mês de trinta e um dias; os outros são meses aleijados, e não se contam.

— É isso mesmo — disse o velho rindo-se da minha ideia —; assim como quem diz, um homem sem um braço. Ah!... ah!...

E continuando a rir-se, tomou o caminho de casa e desapareceu.

Quanto a mim, estava tão contente com a ideia de chegar à cidade em algumas horas, que não pude deixar também de rir-me do caráter original do pescador.

Conto-lhe estas cenas e as outras que se lhe seguiram com todas as suas circunstâncias por duas razões, minha prima.

A primeira é porque desejo que compreenda bem o drama simples que me propus traçar-lhe; a segunda é porque tenho tantas vezes repassado na memória as menores particularidades dessa história, tenho ligado de tal maneira o meu pensamento a essas reminiscências, que não me animo a destacar delas a mais insignificante circunstância; parece-me que se o fizesse, separaria uma parcela de minha vida.

Depois de duas horas de espera e de impaciência, embarquei nessa casquinha de noz, que saltou sobre as ondas, impelida pelo braço ainda forte e ágil do velho pescador.

Antes de partir fiz enterrar o meu pobre cavalo; não podia deixar assim exposto às aves de rapina o corpo desse nobre animal, que eu tinha roubado à afeição do seu dono, para imolá-lo à satisfação de um capricho meu.

Talvez lhe pareça isto uma puerilidade; mas a senhora é mulher, minha prima, e deve saber que, quando se ama como eu amava, tem-se o coração tão cheio de afeição, que espalha uma atmosfera de sentimento em torno de nós, e inunda até os objetos inanimados, quanto mais as criaturas, ainda irracionais, que um momento se ligaram à nossa existência para realização de um desejo.

9

Eram seis horas da tarde.

O sol declinava rapidamente, e a noite, descendo do céu, envolvia a terra nas sombras desmaiadas que acompanham o ocaso.

Soprava uma forte viração de sudoeste, que desde o momento da partida retardava a nossa viagem; lutávamos contra o mar e o vento.

O velho pescador, morto de fadiga e de sono, estava exausto de forças; a sua pá, que a princípio fazia saltar sobre as ondas como um peixe o frágil barquinho, apenas feria agora a flor da água.

Eu, recostado na popa, e com os olhos fitos na linha azulada do horizonte, esperando a cada momento ver desenhar-se o perfil do meu belo Rio de Janeiro, começava seriamente a inquietar-me na minha extravagância e loucura.

À proporção que declinava o dia e que as sombras cobriam o céu, esse vago inexprimível da noite no meio das ondas, a tristeza e melancolia que infunde o sentimento da fraqueza do homem em face dessa solidão imensa de água e de céu, se apoderavam do meu espírito.

Pensava então que teria sido mais prudente esperar o dia seguinte, e fazer uma viagem breve e rápida, do que sujeitar-me a mil contratempos e mil embaraços, que no fim de contas nada adiantavam.

Com efeito já tinha anoitecido; e, ainda que conseguíssemos chegar à cidade por volta de nove ou dez horas, só no dia seguinte poderia ver Carlota e falar-lhe.

De que havia servido, pois, todo o meu arrebatamento, toda a minha impaciência? Tinha morto um animal, tinha incomodado um pobre velho, tinha atirado às mãos cheias dinheiro, que poderia melhor empregar socorrendo algum infortúnio e cobrindo esta obra de caridade com o nome e a lembrança dela.

Concebia uma triste ideia de mim; no meu modo de ver então as coisas, parecia-me que eu tinha feito do amor, que é uma sublime paixão, apenas uma estúpida mania; e dizia interiormente que o homem que não domina os seus sentimentos, é um escravo, que não tem o menor merecimento quando pratica um ato de dedicação.

Tinha-me tornado filósofo, minha prima, e decerto compreenderá a razão.

No meio da baía, metido em uma canoa, à mercê do vento e do mar, não podendo dar largas à minha impaciência de chegar, não havia senão um modo de sair desta situação, e este era arrepender-me do que tinha feito.

Se eu pudesse fazer alguma nova loucura, creio piamente que adiaria o arrependimento para mais tarde, porém era impossível.

Tive um momento a ideia de atirar-me à água, e procurar vencer a nado a distância que me separava dela; mas era noite, não tinha a luz de *Hero* para guiar-me, e me perderia nesse novo Helesponto.

Foi decerto uma inspiração do céu ou o meu anjo da guarda que me veio advertir que naquela ocasião eu nem sabia mesmo de que lado ficava a cidade.

Resignei-me, pois, e arrependi-me sinceramente.

Dividi com o meu companheiro algumas provisões que tínhamos trazido; e fizemos uma verdadeira colação de contrabandistas ou piratas.

Caí na asneira de obrigá-lo a beber uma garrafa de vinho do Porto, bebendo eu outra para acompanhá-lo e fazer-lhe as honras da hospitalidade. Julgava que deste modo ele restabeleceria as forças e chegaríamos mais depressa.

Tinha-me esquecido que a sabedoria das nações, ou a ciência dos provérbios, consagra o princípio de que devagar se vai ao longe.

Acabada a nossa magra colação, o pescador começou a remar com uma força e um vigor que me reanimaram a esperança.

Assim, docemente embalado pela ideia de vê-la e pelo marulho das ondas, com os olhos fitos na estrela da tarde, que ia sumindo-se no horizonte e me sorria como para consolar-me, senti a pouco e pouco fecharem-se-me as pálpebras, e dormi.

Quando acordei, minha prima, o sol derramava seus raios de ouro sobre o manto azulado das ondas: era dia claro.

Não sei onde estávamos; via ao longe algumas ilhas; o pescador dormia na proa, e ressonava como um boto.

A canoa tinha vogado à mercê da corrente; e o remo, que caíra naturalmente das mãos do velho, no momento em que ele cedera à força invencível do sono, tinha desaparecido.

Estávamos no meio da baía, sem poder dar um passo, sem poder mover-nos.

Aposto, minha prima, que a senhora acaba de dar uma risada, pensando na cômica posição em que me achava; mas seria uma injustiça zombar de uma dor profunda, de uma angústia cruel como a que sofri então.

Os instantes, as horas, corriam de decepção em decepção; alguns barcos que passaram perto, apesar dos nossos gritos, seguiram o seu caminho, não podendo supor que com o tempo calmo e sereno que fazia, houvesse sombra de perigo para uma canoa que boiava tão levemente sobre as ondas.

O velho, que tinha acordado, nem se desculpava; mas a sua aflição era tão grande que quase me comoveu; o pobre homem arrancava os cabelos e mordia os beiços de raiva.

As horas correram assim nessa atonia do desespero. Sentados em face um do outro, talvez culpando-nos mutuamente do que sucedia, não proferíamos uma palavra, não fazíamos um gesto.

Por fim veio a noite. Não sei como não fiquei louco lembrando-me que estávamos a 18, e que o paquete devia partir no dia seguinte.

Não era unicamente a ideia de uma ausência que me afligia; era também a lembrança do mal que ia causar-lhe, a ela, que, ignorando o que se passava, me julgaria egoísta, suporia que a havia abandonado, e que ficara em Petrópolis divertindo-me.

Aterrava-me com as consequências que poderia ter esse fato sobre a sua saúde tão frágil, sobre a sua vida; e me condenava já como assassino.

Lancei um olhar alucinado sobre o pescador, e tive ímpetos de abraçá-lo e atirar-me com ele ao mar.

Oh! como sentia então o nada do homem e a fraqueza da nossa raça, tão orgulhosa de sua superioridade e do seu poder!

De que me serviam a inteligência, a vontade, e essa força invencível do amor, que me impelia e me dava coragem para arrostar vinte vezes a morte?

Algumas braças d'água e uma pequena distância me retinham e me encadeavam naquele lugar como a um poste; a falta de um remo, isto é, de três palmos de madeira, criava para mim o impossível; um círculo de ferro me cingia, e para quebrar essa prisão, contra a qual toda a minha razão era impotente, bastava-me que fosse um ente irracional.

A gaivota, que frisava as ondas com a ponta de suas asas brancas; o peixe, que fazia cintilar um momento seu dorso de escamas à luz das estrelas; o inseto, que vivia no seio das águas e plantas marinhas, eram reis dessa solidão, na qual o homem não podia sequer dar um passo.

Assim, blasfemando contra Deus e sua obra, sem saber o que fazia nem o que pensava, entreguei-me à Providência; embrulhei-me no meu capote, deitei-me e fechei os olhos, para não ver a noite adiantar-se, as estrelas empalidecerem e o dia raiar.

Tudo estava sereno e tranquilo; as águas nem se moviam; apenas sobre a face lisa do mar passava uma aragem tênue, que dir-se-ia hálito das ondas adormecidas.

De repente, pareceu-me sentir que a canoa deixara de boiar à discrição e singrava lentamente; julgando que fosse ilusão minha, não me importei, até que um movimento contínuo e regular convenceu-me.

Afastei a aba do capote e olhei, receando ainda iludir-me; não vi o pescador; mas a alguns passos da proa percebi os rolos de espuma que formava um corpo agitando-se nas ondas.

Aproximei-me, e distingui o velho pescador, que nadava, puxando a canoa por meio de uma corda que amarrara à cintura, para deixar-lhe os movimentos livres.

Admirei essa dedicação do pobre velho, que procurava remediar a sua falta por um sacrifício que eu supunha inútil: não era possível que um homem nadasse assim por muito tempo.

Com efeito, passados alguns instantes, vi-o parar e saltar ligeiramente na canoa como temendo acordar-me; a sua respiração fazia uma espécie de burburinho no seu peito largo e forte.

Bebeu um trago de vinho, e com o mesmo cuidado deixou-se cair n'água e continuou a puxar a canoa.

Era alta noite quando nesta marcha chegamos a uma espécie de praia, que teria quando muito duas braças. O velho saltou e desapareceu.

Fitando a vista nas trevas, vi uma claridade, que não pude distinguir se era fogo, se luz, senão quando uma porta abrindo-se deixou-me ver o interior de uma cabana.

O velho voltou com um outro homem, sentaram-se sobre uma pedra e começaram a falar em voz baixa. Senti uma grande inquietação; na verdade, minha prima, só me faltava, para completar a minha aventura, uma história de ladrões.

A minha suspeita, porém, era injusta; os dois pescadores estavam à espera de dois remos que lhes trouxe uma mulher, e imediatamente embarcaram e começaram a remar com uma força espantosa.

A canoa resvalou sobre as ondas, ágil e veloz como um desses peixes de que há pouco invejava a rapidez.

Ergui-me para agradecer a Deus, ao céu, às estrelas, às águas, a toda a natureza enfim, o raio de esperança que me enviavam.

Uma faixa escarlate já se desenhava no horizonte; o oriente foi-se esclarecendo de gradação em gradação, até que deixou ver o disco luminoso do sol.

A cidade começou a erguer-se do seio das ondas, linda e graciosa, como uma donzela que, recostada sobre um monte de relva, banhasse os pés na corrente límpida de um rio.

A cada movimento de impaciência que eu fazia, os dois pescadores dobravam-se sobre os remos e a canoa voava. Assim nos aproximamos da cidade, passamos entre os navios, e nos dirigimos à Glória, onde pretendia desembarcar, para ficar mais próximo de sua casa.

Em um segundo tinha tomado a minha resolução; chegar, vê-la, dizer-lhe que a seguia, e embarcar-me nesse mesmo paquete em que ela ia partir.

Não sabia que horas eram; mas há pouco havia amanhecido; tinha tempo para tudo, tanto mais que eu só precisava de uma hora. Um crédito sobre Londres e a minha mala de viagem eram todos os meus preparativos; podia acompanhá-la ao fim do mundo.

Já via tudo cor-de-rosa, sorria à minha ventura e gozava da alegre surpresa que ia causar-lhe, a ela que já não me esperava.

A surpresa, porém, foi minha.

Quando passava diante de Villegaignon, descobri de repente o paquete inglês: as pás se moviam indolentemente, e imprimiam ao navio essa marcha vagarosa do vapor, que parece experimentar as suas forças, para precipitar-se a toda a carreira.

Carlota estava sentada sob a tolda, com a cabeça encostada ao ombro de sua mãe, e com os olhos engolfados no horizonte, que ocultava o lugar onde tínhamos passado a primeira e última hora de felicidade.

Quando me viu, fez um movimento como se quisesse lançar-se para mim; mas conteve-se, sorriu-se para sua mãe, e, cruzando as mãos no peito, ergueu os olhos ao céu, como para agradecer a Deus, ou para dirigir-lhe uma prece.

Trocamos um longo olhar, um desses olhares que levam toda a nossa alma e a trazem ainda palpitante das emoções que sentiu noutro coração; uma dessas correntes elétricas que ligam duas vidas em um só fio.

O vapor soltou um gemido surdo; as rodas fenderam as águas; e o monstro marinho, rugindo como uma cratera, vomitando fumo e devorando o espaço com os seus flancos negros, lançou-se.

Por muito tempo ainda vi o seu lenço branco agitar-se ao longe, como as asas brancas do meu amor, que fugia e voava ao céu.

O paquete sumiu-se no horizonte.

10

O resto desta história, minha prima, a senhora conhece, com exceção de algumas particularidades.

Vivi um mês, contando os dias, as horas e os minutos; o tempo corria vagarosamente para mim, que desejava poder devorá-lo.

Quando tinha durante uma manhã inteira olhado o seu retrato, conversando com ele, e lhe contado a minha impaciência e o meu sofrimento, começava a calcular as horas que faltavam para acabar o dia, os dias que faltavam para acabar a semana, e as semanas que ainda faltavam para acabar o mês.

No meio da tristeza que me causara a sua ausência, o que me deu um grande consolo foi uma carta que ela me havia deixado, e que me foi entregue no dia seguinte ao da sua partida.

> Bem vês, meu amigo — dizia-me ela —, que Deus não quer aceitar o teu sacrifício. Apesar de todo o teu amor, apesar de tua alma, ele impediu a nossa união; poupou-te um sofrimento e a mim talvez um remorso.
>
> Sei tudo quanto fizeste por minha causa, e adivinho o resto; parto triste por não te ver, mas bem feliz por sentir-me amada, como nenhuma mulher talvez o seja neste mundo.

Esta carta tinha sido escrita na véspera da saída do paquete; um criado que viera de Petrópolis, e a quem ela incumbira de entregar-me a caixinha com o seu retrato, contou-lhe metade das extravagâncias que eu praticara para chegar à cidade no mesmo dia.

Disse-lhe que me tinha visto partir para a Estrela, depois de perguntar a hora da saída do vapor; e que embaixo da serra referiram-lhe como eu tinha morto um cavalo para alcançar a barca, e como me embarcara em uma canoa.

Não me vendo chegar, ela adivinhara que alguma dificuldade invencível me retinha, e atribuía isto à vontade de Deus, que não consentia no meu amor.

Entretanto, lendo e relendo a sua carta, uma coisa me admirou; ela não me dizia um adeus, apesar de sua ausência e apesar da moléstia, que podia tornar essa ausência eterna.

Tinha-me adivinhado! Ao mesmo tempo que fazia por me dissuadir, estava convencida que a acompanharia.

Com efeito parti no paquete seguinte para a Europa.

Há de ter ouvido falar, minha prima, se é que ainda não o sentiu, da força dos pressentimentos do amor, ou da segunda vista que tem a alma nas suas grandes afeições.

Vou contar-lhe uma circunstância que confirma este fato.

No primeiro lugar onde desembarquei, não sei que instinto, que revelação, me fez correr imediatamente ao correio; parecia-me impossível que ela não tivesse deixado alguma lembrança para mim.

E de fato em todos os portos da escala do vapor havia uma carta que continha duas palavras apenas:

Sei que tu me segues. Até logo.

Enfim cheguei à Europa e a vi. Todas as minhas loucuras e os meus sofrimentos foram compensados pelo sorriso de inexprimível gozo com que me acolheu.

Sua mãe dizia-lhe que eu ficaria no Rio de Janeiro, mas ela nunca duvidara de mim! Esperava-me como se a tivesse deixado na véspera, prometendo voltar.

Encontrei-a muito abatida da viagem; não sofria, mas estava pálida e branca como uma dessas *Madonas* de Rafael, que vi depois em Roma.

Às vezes uma languidez invencível a prostrava; nesses momentos um quer que seja de celeste e vaporoso a cercava, como se a alma exalando-se envolvesse o seu corpo.

Sentado ao seu lado, ou de joelhos a seus pés, passava os dias a contemplar essa agonia lenta; sentia-me morrer gradualmente, à semelhança de um homem que vê os últimos clarões da luz que vai extinguir-se e deixá-lo nas trevas.

Uma tarde que ela estava ainda mais fraca, tínhamo-nos chegado para a varanda.

A nossa casa em Nápoles dava sobre o mar; o sol, transmontando, escondia-se nas ondas; um raio pálido e descorado veio enfiar-se pela nossa janela e brincar sobre o rosto de Carlota, sentada ou antes deitada em uma conversadeira.

Ela abriu os olhos um momento e quis sorrir; seus lábios nem tinham força para desfolhar o sorriso.

As lágrimas saltaram-me dos olhos; havia muito que eu tinha perdido a fé, mas conservava ainda a esperança; esta desvaneceu-se com aquele reflexo do ocaso, que me parecia o seu adeus à vida.

Sentindo as minhas lágrimas molharem as suas mãos, que eu beijava, ela voltou-se e fixou-me com os seus grandes olhos lânguidos. Depois, fazendo um esforço, reclinou-se para mim e apoiou as mãos sobre o meu ombro.

— Meu amigo — disse ela com voz débil —, vou-te pedir uma coisa, a última; tu me prometes cumprir?

— Juro — respondi-lhe eu, com a voz cortada pelos soluços.

— Daqui a bem pouco tempo... daqui a algumas horas talvez... Sim! sinto faltar-me o ar!...

— Carlota!...

— Sofres, meu amigo! Ah! se não fosse isto eu morreria feliz.

— Não fales em morrer!

— Pobre amigo, em que deverei falar então? Na vida?... Mas não vês que a minha vida é apenas um sopro... um instante que breve terá passado?

— Tu te iludes, minha Carlota.

Ela sorriu tristemente.

— Escuta; quando sentires a minha mão gelada, quando as palpitações do meu coração cessarem, prometes receber nos teus lábios a minha alma?

— Meu Deus!...

— Prometes? sim?...

— Sim.

Ela tornou-se lívida; sua voz suspirou apenas:

— Agora!

Apertei-a ao peito e colei os meus lábios aos seus. Era o primeiro beijo de nosso amor, beijo casto e puro, que a morte ia santificar.

Sua fronte se tinha gelado, não sentia a sua respiração nem as pulsações de seu seio.

De repente ela ergueu a cabeça. Se visse, minha prima, que reflexo de felicidade e alegria iluminava nesse momento o seu rosto pálido!

— Oh! quero viver! — exclamou ela.

E com os lábios entreabertos aspirou com delícia a aura impregnada de perfumes que nos enviava o golfo de Ischia.

Desde esse dia foi pouco e pouco restabelecendo-se, ganhando as forças e a saúde; sua beleza reanimava-se e expandia-se como um botão que por muito tempo privado de sol, se abre em flor viçosa.

Esse milagre, que ela, sorrindo e corando, atribuía ao meu amor, foi-nos um dia explicado bem prosaicamente por um médico alemão que fez-nos uma longa dissertação a respeito da medicina.

Segundo ele dizia, a viagem tinha sido o único remédio e o que nós tomávamos por um estado mortal não era senão a crise que se operava, crise perigosa, que podia matá-la, mas que felizmente a salvou.

Casamo-nos em Florença, na Igreja de Santa Maria Novela.

Percorremos a Alemanha, a França, a Itália e a Grécia; passamos um ano nessa vida errante e nômade, vivendo do nosso amor e alimentando-nos de música, de recordações históricas, de contemplações de arte.

Criamos assim um pequeno mundo, unicamente nosso; depositamos nele todas as belas reminiscências de nossas viagens, toda a poesia dessas ruínas seculares em que as gerações que morreram, falam ao futuro pela voz do silêncio; todo o enlevo dessas vastas e imensas solidões do mar, em que a alma, dilatando-se no infinito, sente-se mais perto de Deus.

Trouxemos das nossas peregrinações um raio do sol do Oriente, um reflexo de lua de Nápoles, uma nesga do céu da Grécia, algumas flores, alguns perfumes, e com isto enchemos o nosso pequeno universo.

Depois, como as andorinhas que voltam com a primavera para fabricar o seu ninho no campanário da capelinha em que nasceram, apenas ela recobrou a saúde e as suas belas cores, viemos procurar em nossa terra um cantinho para esconder esse mundo que havíamos criado.

Achamos na quebrada de uma montanha um lindo retiro, um verdadeiro berço de relva suspenso entre o céu e a terra por uma ponta de rochedo.

Aí abrigamos o nosso amor e vivemos tão felizes que só pedimos a Deus que nos conserve o que nos deu; a nossa existência é um longo dia, calmo e tranquilo, que começou *ontem*, mas que não tem *amanhã*.

Uma linda casa, toda alva e louçã, um pequeno rio saltitando entre as pedras, algumas braças de terra, sol, ar puro, árvores, sombras, ...eis toda a nossa riqueza.

Quando nos sentimos fatigados de tanta felicidade, ela arvora-se em dona de casa ou vai cuidar de suas flores; eu fecho-me com os meus livros e passo o dia a trabalhar. São os únicos momentos em que não nos vemos.

Assim, minha prima, como parece que neste mundo não pode haver um amor sem o seu receio e a sua inquietação, nós não estamos isentos dessa fraqueza.

Ela tem ciúmes de meus livros, como eu tenho de suas flores. Ela diz que a esqueço para trabalhar; eu queixo-me de que ela ama as suas violetas mais do que a mim.

Isto dura quando muito um dia; depois vem sentar-se ao meu lado e dizer-me ao ouvido a primeira palavra que balbuciou o nosso amor: *Non ti scordar di me*. Olhamo-nos, sorrimos e recomeçamos esta história que lhe acabo de contar, e que é ao mesmo tempo o nosso romance, o nosso drama e o nosso poema.

Eis, minha prima, a resposta à sua pergunta; eis por que esse moço elegante, como teve a bondade de chamar-me, fez-se provinciano e retirou-se da sociedade, depois de ter passado um ano na Europa.

Podia dar-lhe outra resposta mais breve, e dizer-lhe simplesmente que tudo isto sucedeu porque me atrasei *cinco minutos*.

Desta pequena causa, desse grão de areia, nasceu a minha felicidade; dele podia resultar a minha desgraça. Se tivesse sido pontual como um inglês, não teria tido uma paixão nem feito uma viagem; mas ainda hoje estaria perdendo o meu tempo a passear pela Rua do Ouvidor e a ouvir falar de política e teatro.

Isto prova que a pontualidade é uma excelente virtude para uma máquina; mas um grave defeito para um homem.

Adeus, minha prima. Carlota impacienta-se, porque há muitas horas que lhe escrevo; não quero que ela tenha ciúmes desta carta e que me prive de enviá-la.

Minas, 12 de agosto.

* * *

Abaixo da assinatura havia um pequeno *pós-escrito* de uma letra fina e delicada:

P. S. — Tudo isto é verdade, D..., menos uma coisa.

Ele não tem ciúmes de minhas flores, nem podia ter, porque sabe que só quando seus olhos não me procuram é que vou visitá-las e pedir-lhes que me ensinem a fazer-me bela para agradá-lo.

Nisto enganou-a; mas eu vingo-me roubando-lhe um dos meus beijos, que lhe envio nesta carta.

Não o deixe fugir, prima; iria talvez revelar a nossa felicidade ao mundo invejoso.

Carlota

❖

O Brasil retratado pela literatura: uma incursão na biografia de José de Alencar

FABIO MARIO DA SILVA*

Quando a literatura brasileira ganhou uma nova perspectiva, a partir de 1822, com a independência do Brasil, os brasileiros cultos, juntamente com Dom Pedro II, passaram a pensar e planear como o Brasil deveria consolidar sua imagem de nação soberana

---

* Mestre em Estudos Lusófonos e doutorando em Literatura pela Universidade de Évora, vem dedicando-se à pesquisa da obra de Florbela Espanca. Também é pesquisador do CNPq, com um projeto intitulado "Aproximações regionais: Alentejo português e Nordeste brasileiro — Florbela; romanceiros e romance sergipanos", sediado na Universidade Federal de Sergipe, sob a orientação da profa. dra. Maria Lúcia Dal Farra. Atualmente é Professor Convidado da Universidade de Varsóvia (Polônia), onde ministrou aulas de Literatura Brasileira, Portuguesa e Africana em Língua Portuguesa. Vem dedicando-se à pesquisa metacrítica da obra de Florbela Espanca. Também se dedica ao estudo da poesia do angolano Antônio Jacinto, da literatura brasileira dos séculos XIX e XX, da teoria da poesia, da autoria feminina, tendo como objetivos atuais pesquisar a literatura das minorias.

perante os seus habitantes (a elite, particularmente), como também diante de outras nações. A euforia conseguida com a separação política de Portugal e o projeto de "nacionalidade", associados à ideia da literatura romântica, advinda da Europa, fez que autores como José de Alencar produzissem uma obra que tentasse representar melhor o Brasil.

José Martiniano de Alencar nasceu em 1º de maio de 1829, em Messejana (Ceará). Seu pai, que também tinha o mesmo nome (era ex-padre e senador), casou-se com a prima, Ana Josefina de Alencar, numa união estável e bem aceita pela sociedade. Desde cedo o menino Alencar mostrava apetência para leitura: lia romances para a mãe e as tias. Sua infância passou-se num cenário que tinha como fundo a natureza brasileira, que mais tarde lhe inspirará romances como *Iracema* e *O guarani*.

A vida amorosa do autor revelou-se bem à moda romântica: paixão mal correspondida, avassaladora, pela jovem, herdeira de uma grande riqueza, Chiquinha Nogueira da Gama, que o tinha desprezado. O autor demorou alguns anos para se recuperar dessa paixão, casando-se, em 20 de junho de 1864, com Georgina Augusta Cochrane, filha de um rico e excêntrico inglês, com quem teve seis filhos: Augusto, Clarisse, Ceci, Elisa, Mário e Adélia.

Sua formação estudantil passou-se em várias cidades: Rio de Janeiro, no colégio de instrução militar; São Paulo, onde terminou os cursos preparatórios e cursou Direito, exceto o terceiro ano; e Olinda, onde fez o terceiro ano da Faculdade de Direito, retornando a São Paulo um ano depois, com saudades dos familiares e amigos. Após se formar, começou sua carreira no Rio de Janeiro, e igualmente exercia sua veia jornalística, colaborando com o *Correio Mercantil*, o *Jornal do Comércio* e o *Diário do Rio de Janeiro*. Também se aventurou no campo político, quando se filiou ao Partido Conservador, tornando-se deputado-geral pelo Ceará e depois, de 1868 a 1870, ministro da Justiça.

Como podemos notar, Alencar mostrou-se uma figura de destaque na sociedade. Mas como foi que surgiu o Alencar romancista? O autor responde da seguinte maneira:

> Foi somente em 1848 que surgiu em mim a veia do romance. Acabava de passar dois meses em minha terra natal. Tinha-me repassado das primeiras e tão fagueiras recordações da infância, ali nos mesmos sítios queridos onde nascera.

Em Olinda, onde estudava o meu terceiro ano, e na velha biblioteca do convento de São Bento a ler os cronistas da era colonial, desenhavam-se a cada instante, na tela das reminiscências, as paisagens do meu pátrio Ceará[1].

É preciso lembrar que o autor logo cedo envolveu-se em grandes polêmicas: uma sobre as *Cartas sobre "A Confederação dos Tamoios"* (1856): críticas fortes, oculto com o pseudônimo de Ig., ao poema épico de Domingos Gonçalves de Magalhães, favorito do imperador e grande nome, na época, da literatura brasileira. Essas críticas aconteceram porque Alencar acreditava que o gênero épico não caracterizava a literatura brasileira, por isso escolhe a ficção, como melhor forma de representar a literatura nacional. A segunda querela foi travada com Joaquim Nabuco, que fez severas críticas à sua obra teatral, estendendo-as às ficcionais.

Em 1856, estreou seu primeiro romance, *Cinco minutos*. Logo em seguida, em 1857, publicou um dos seus romances numa fase mais madura, *O guarani*. O que se nota, a partir da produção de outras obras, é que Alencar aparenta ter uma extrema preocupação em fazer um projeto que mostrasse melhor o Brasil novecentista. É exatamente essa consciência de projeto literário que fará mais tarde o autor de *Iracema* classificar sua obra em três fases: a primitiva, "aborígene", que recriava mitos e lendas da terra; a histórica, que retratava o período colonial e a troca de cultura entre o povo nativo e o estrangeiro; a última fase a chamou da infância da nossa literatura: mostrava a nascente da sociedade, a partir da independência do Brasil, analisando as consequências pelas quais passavam a vida rural e a urbana no país[2]. Vale lembrar também que outros críticos classificaram a sua obra em diferentes fases. Segundo Artur Motta, podemos classificar a obra de Alencar como romances históricos (*O guarani* e *Minas de prata*); romances da vida da cidade (*Lucíola* e *Senhora*); romances da vida campesina (*Til* e *O gaúcho*) e lendas indianistas (*Iracema* e *Ubirajara*)[3].

---

[1] Alencar, José de. *Obra completa*, vol. I, Rio de Janeiro, Aguilar, 1959, p. 142.

[2] Alencar, José de. "Benção paterna". In *Obra completa*, vol. I, Rio de Janeiro, Aguilar, 1959, p. 657.

[3] Motta, Artur. *José de Alencar, sua vida e sua obra*, Rio de Janeiro, Brighiet, 1921.

Com toda uma proposta consistente, Alencar criou uma obra que versa sobre temas variados, como também se aventurou em diferentes gêneros: romances, contos, teatro, poesias, crônicas, ensaios, escritos filológicos e políticos. Dessa forma, chamou a atenção do fundador da Academia Brasileira de Letras, Machado de Assis, que fez referências positivas à obra *Iracema*, escolhendo-o, mais tarde, em 1897, como patrono de sua cadeira na Academia.

Todos esses acontecimentos o transformam no primeiro grande romancista do Brasil. E não só; como afirma M. Cavalcanti Proença:

> Do ponto de vista nacional, é ele o nosso mais importante escritor, de vez que, em vinte anos de ofício literário, levantou em seus romances um retrato do Brasil. Sincronicamente regional, descrevendo o Ceará em *O sertanejo*; o estado do Rio, em *Til* e *O tronco do ipê*; a capital do Império, em *A viuvinha*, *Cinco minutos*, *Senhora*, *A pata da gazela*; a zona rural carioca em *Diva*; a Tijuca em *Sonhos d'ouro*; o Rio Grande do Sul, em *O gaúcho*. Diacronicamente histórico, romanceou os tempos coloniais em *Minas de prata*; o contato entre os índios e os colonizadores em *O guarani* e *Iracema*; o dia a dia do Rio de Janeiro colonial em *O garatuja*; uma lenda em *O ermitão da glória*. *Guerra dos mascates*, episódio da história pernambucana, é uma sátira com endereço a D. Pedro II[4].

Esse "retrato" que Alencar criou revela um Brasil do século XIX entendido a partir de uma visão idealizadora do Romantismo. Por exemplo, isso fez que, na obra *O gaúcho*, o romancista criasse uma visão mítica e ficcional da figura do gaúcho, que não condiz, necessariamente, com sua realidade histórica. Vale ressaltar que há todo um trabalho consistente na sua escrita: o autor usa e abusa de vários recursos literários para compor suas personagens. Segundo Alencar, o Brasil não podia ficar amarrado à língua falada em Portugal, confessando empenho em renová-la: "A língua é a nacionalidade do pensamento como a Pátria é a nacionalidade do povo"[5]. Tudo dentro de uma proposta de nacionalidade: "O Brasil ideal de Alencar seria

---

[4] Proença, M. Cavalcanti. *Estudos literários*, Rio de Janeiro/Brasília, José Olympio/MEC, 1974, p. 41.

[5] José de Alencar apud Luís Viana Filho. *A vida de José de Alencar*, Porto, Lello & Irmão, p. 269.

uma espécie de cenário selvagem onde, expulsos os portugueses, reinariam capitães altivos, senhores de baraço e cutelo rodeados de sertanejos e peões, livres sim, mas fiéis até a morte"[6].

Seus últimos anos se passaram à procura de uma cura para sua tuberculose, doença que o acompanhara desde a juventude. No ano de 1877, vendeu o que tinha e seguiu, com a esposa e filhos, para a Europa — Inglaterra, França e Portugal[7] — na tentativa de buscar a cura para sua doença. Retorna ao Brasil após oito meses, muito fragilizado, mas mesmo assim ainda escreveu críticas a Dom Pedro II, porque o imperador não teria indicado o romancista ao senado. Morreu[8], no Rio de Janeiro, em 12 de dezembro de 1877. Logo em seguida, ergueu-se uma estátua que lembrará para sempre o grande romancista do Brasil:

> Entre oradores, que deram lustre à solenidade, estavam Ferreira de Araújo, o jornalista; Olavo Bilac, o poeta; Coelho Neto, o romancista. Representavam geração que se seguira à de José de Alencar. Vinham agradecer-lhe os caminhos abertos destemidamente, para que eles os palmilhassem. "Ei-lo como um deus no seu altar!", exclamara Coelho Neto[9].

❖

---

[6] Alfredo Bosi. *História concisa da literatura brasileira*, São Paulo, Cultrix, 33. ed., p. 138.

[7] Gostaríamos de apresentar uma reportagem sobre Alencar que saiu no *Diário de Notícias*, de Lisboa, em 25/10/1876, falando de sua passagem por Portugal: "Parte hoje para o Rio de Janeiro, com sua esposa e filhos, depois de uma viagem de oito meses pela Europa, um dos quais foi dedicado a Portugal, o Sr. Conselheiro José de Alencar, distinto escritor e homem de Estado brasileiro. [...] O Sr. Alencar, que é considerado na literatura e no jornalismo português como um amigo, um irmão, um confrade, recebeu aqui as provas de respeito e afecto que o seu talento e qualidades sabem inspirar, e retira-se pesaroso de não poder, pelo seu estado de saúde, demorar-se mais tempo neste país em que muito desejaria permanecer".

[8] Luís Viana Filho afirma que "o médico Jacinto Rebelo atestou o óbito, dando como *causa mortis* hepatoenterite. Desejaria esconder a tuberculose mesentérica, causa real da morte?" (*A vida de José de Alencar*, Porto, Lello & Irmão, p. 337).

[9] Viana Filho, Luís. *A vida de José de Alencar*, Porto, Lello & Irmão, p. 342.

Iracema
Cinco Minutos*

José de Alencar

1. Em relação a *Iracema*, podemos dizer que se trata de um romance indianista. Levante no texto características literárias que comprovam essa afirmação.

2. Como se pode definir o nacionalismo de José de Alencar de acordo com a obra?

3. Iracema, uma índia brasileira, representa o elemento nativo. O índio na obra de José de Alencar é valente, honrado, orgulhoso; o guerreiro que defende sua tradição, sua terra e sua gente.

a) Reflita sobre a imagem do índio brasileiro atualmente. Qual seria sua posição social, política e econômica, passados mais de 500 anos da chegada dos primeiros portugueses ao Brasil?

b) Pode-se estabelecer alguma relação entre a posição do índio hoje e o final de *Iracema*? Explique.

4. Responda de acordo com a passagem:

"O moço guerreiro aprendeu na religião de sua mãe, onde a mulher é o símbolo de ternura e amor. Sofre mais d'alma que da ferida."

---

* Para que o professor possa trabalhar o Guia de Leitura com os alunos em sala de aula, não publicamos, aqui, o gabarito das questões. No entanto, pode-se obtê-lo entrando em contato conosco pelo telefone: (11) 3672 8144. Disponibilizamos o gabarito apenas para professores.

a) Qual a religião de Martim?

b) Qual era a importância da religião para os primeiros portugueses que chegaram ao Brasil?

5. "Em torno carpe a natureza o dia expira. Soluça a onde trépida e lacrimosa; geme a brisa na folhagem; e o mesmo silêncio anela de opresso."

a) Qual a figura de linguagem predominante nesse trecho?

b) Explique o objetivo do autor ao empregá-la.

6. Em relação a *Cinco minutos*, podemos dizer que se trata de um romance urbano. Levante no texto características literárias que comprovam essa afirmação.

7. a) Em *Cinco minutos*, por que o narrador era evitado por Carlota?

b) Compare o amor de Carlota com o de Iracema. Por que ambos poderiam ser definidos como tipicamente românticos?

8. Tanto Iracema quanto Carlota são heroínas do Romantismo. Trace um paralelo entre elas levantando as semelhanças e as diferenças de caráter.

Questões de vestibular

1. (UEL) Examine as proposições a seguir e assinale a alternativa INCORRETA.

a) A relevância da obra de José de Alencar no contexto romântico decorre, em grande parte, da idealização dos elementos considerados genuinamente brasileiros, notadamente a natureza e o índio. Essa atitude impulsionou o nacionalismo nascente, por ser uma forma de reação política, social e literária contra Portugal.

b) Ao lado de *O guarani* e *Ubirajara*, *Iracema* representa um mito de fundação do Brasil. Nessas obras, a descrição da natureza brasileira possui inúmeras funções, com destaque para a "cor local", isto é, o elemento particular que o escritor imprimia à literatura, acreditando contribuir para a sua nacionalização.

c) Embora tendo sido escrito no período romântico, *Iracema* apresenta traços da ficção naturalista tanto na criação das personagens quanto na tematização dos problemas do país.

d) A leitura de *Iracema* revela a importância do índio na literatura romântica. Entretanto, sabe-se que a presença do índio não se restringiu a esse contexto literário, tendo desembocado inclusive no Modernismo, por intermédio de escritores como Mário de Andrade e Oswald de Andrade.

e) O contraponto poético da prosa indianista de Alencar é constituído pela lírica de Gonçalves Dias. Indiscutivelmente, em "O canto do guerreiro" e em "O canto do piaga", dentre outros poemas, o índio é apresentado de maneira idealizada, numa perpetuação da imagem heroica e sublime adequada aos ideais românticos.

2. (UFU) Sobre *Iracema*, de José de Alencar, podemos dizer que:

1. as cenas de amor carnal entre Iracema e Martim são de tal forma construídas que o leitor as percebe com vivacidade, porque tudo é narrado de forma explícita.

2. em *Iracema* temos o nascimento lendário do Ceará, a história de amor entre Iracema e Martim e as manifestações de ódio das tribos tabajara e potiguara.

3. Moacir é o filho nascido da união de Iracema e Martim. De maneira simbólica ele representa o homem brasileiro, fruto do índio e do branco.

4. a linguagem do romance *Iracema* é altamente poética, embora o texto esteja em prosa. Alencar consegue belos efeitos linguísticos ao abusar de imagens sobre imagens, comparações sobre comparações.

Assinale:

a) se apenas 2 e 4 estiverem corretas.
b) se apenas 2 e 3 estiverem corretas.
c) se 2, 3 e 4 estiverem corretas.
d) se 1, 3 e 4 estiverem corretas.

3. (PUC) A próxima questão refere-se ao texto abaixo.

"Verdes mares bravios de minha terra natal, onde canta a jandaia nas frondes da carnaúba;

Verdes mares que brilhais como líquida esmeralda aos raios do sol nascente, perlongando as alvas praias ensombradas de coqueiros;

Serenai, verdes mares, e alisai docemente a vaga impetuosa para que o barco aventureiro manso resvale à flor das águas."

Esse trecho é o início do romance *Iracema*, de José de Alencar. Dele, como um todo, é possível afirmar que:

a) Iracema é uma lenda criada por Alencar para explicar poeticamente as origens das raças indígenas da América.

b) as personagens Iracema, Martim e Moacir participam da luta fratricida entre os Tabajaras e os Pitiguaras.

c) o romance, elaborado com recursos de linguagem figurada,

é considerado o exemplar mais perfeito da prosa poética na ficção romântica brasileira.

d) o nome da personagem-título é anagrama de América e essa relação caracteriza a obra como um romance histórico.

e) a palavra Iracema é o resultado da aglutinação de duas outras da língua guarani e significa "lábios de fel".

4. (Unicamp) O trecho abaixo foi extraído de *Iracema*. Ele reproduz a reação e as últimas palavras de Batuiretê antes de morrer:

"O velho soabriu as pesadas pálpebras, e passou do neto ao estrangeiro um olhar baço. Depois o peito arquejou e os lábios murmuraram:

— Tupã quis que estes olhos vissem antes de se apagarem, o gavião branco junto da narceja.

O abaeté derrubou a fronte aos peitos, e não falou mais, nem mais se moveu."

a) Quem é Batuiretê?

b) Identifique os personagens a quem ele se dirige e indique os papéis que desempenham no romance.

c) Explique o sentido da metáfora empregada por Batuiretê em sua fala.

5. (PUC) Considere os dois fragmentos extraídos de *Iracema*, de José de Alencar.

I. "Onde vai a afouta jangada, que deixa rápida a costa cearense, aberta ao fresco terral a grande vela? Onde vai como branca alcíone buscando o rochedo pátrio nas solidões do oceano? Três entes respiram sobre o frágil lenho que vai singrando veloce, mar em fora. Um jovem guerreiro cuja tez branca não cora o sangue americano; uma criança e um rafeiro que viram a luz no berço das florestas, e brincam irmãos, filhos ambos da mesma terra selvagem."

II. "O cajueiro floresceu quatro vezes depois que Martim partiu das praias do Ceará, levando no frágil barco o filho e o cão fiel. A jandaia não quis deixar a terra onde repousava sua amiga e senhora. O primeiro cearense, ainda no berço, emigrava da terra da pátria. Havia aí a predestinação de uma raça?"

Ambos apresentam índices do que poderia ter acontecido no enredo do romance, já que constituem o começo e o fim da narrativa de Alencar. Desse modo, é possível presumir que o enredo apresenta

a) o relacionamento amoroso de Iracema e Martim, a índia e o branco, de cuja união nasceu Moacir, e que alegoriza o processo de conquista e colonização do Brasil.

b) as guerras entre as tribos tabajara e pitiguara pela conquista e preservação do território brasileiro contra o invasor estrangeiro.

c) o rapto de Iracema pelo branco português Martim como forma de enfraquecer os adversários e levar a um pacto entre o branco colonizador e o selvagem dono da terra.

d) a vingança de Martim, desbaratando o povo de Iracema, por ter sido flechado pela índia dos lábios de mel em plena floresta e ter-se tornado prisioneiro de sua tribo.

e) a morte de Iracema, após o nascimento de Moacir, e seu sepultamento junto a uma carnaúba, na fronde da qual canta ainda a jandaia.

❖

Relação dos Volumes Publicados

1. **Dom Casmurro**
   Machado de Assis
2. **O Príncipe**
   Maquiavel
3. **Mensagem**
   Fernando Pessoa
4. **O Lobo do Mar**
   Jack London
5. **A Arte da Prudência**
   Baltasar Gracián
6. **Iracema / Cinco Minutos**
   José de Alencar
7. **Inocência**
   Visconde de Taunay
8. **A Mulher de 30 Anos**
   Honoré de Balzac
9. **A Moreninha**
   Joaquim Manuel de Macedo
10. **A Escrava Isaura**
    Bernardo Guimarães
11. **As Viagens - "Il Milione"**
    Marco Polo
12. **O Retrato de Dorian Gray**
    Oscar Wilde
13. **A Volta ao Mundo em 80 Dias**
    Júlio Verne
14. **A Carne**
    Júlio Ribeiro
15. **Amor de Perdição**
    Camilo Castelo Branco
16. **Sonetos**
    Luís de Camões
17. **O Guarani**
    José de Alencar
18. **Memórias Póstumas de Brás Cubas**
    Machado de Assis
19. **Lira dos Vinte Anos**
    Álvares de Azevedo
20. **Apologia de Sócrates / Banquete**
    Platão
21. **A Metamorfose/Um Artista da Fome/Carta a Meu Pai**
    Franz Kafka
22. **Assim Falou Zaratustra**
    Friedrich Nietzsche
23. **Triste Fim de Policarpo Quaresma**
    Lima Barreto
24. **A Ilustre Casa de Ramires**
    Eça de Queirós
25. **Memórias de um Sargento de Milícias**
    Manuel Antônio de Almeida
26. **Robinson Crusoé**
    Daniel Defoe
27. **Espumas Flutuantes**
    Castro Alves
28. **O Ateneu**
    Raul Pompeia
29. **O Noviço / O Juiz de Paz da Roça / Quem Casa Quer Casa**
    Martins Pena
30. **A Relíquia**
    Eça de Queirós
31. **O Jogador**
    Dostoiévski
32. **Histórias Extraordinárias**
    Edgar Allan Poe
33. **Os Lusíadas**
    Luís de Camões
34. **As Aventuras de Tom Sawyer**
    Mark Twain
35. **Bola de Sebo e Outros Contos**
    Guy de Maupassant
36. **A República**
    Platão
37. **Elogio da Loucura**
    Erasmo de Rotterdam
38. **Caninos Brancos**
    Jack London
39. **Hamlet**
    William Shakespeare
40. **A Utopia**
    Thomas More
41. **O Processo**
    Franz Kafka
42. **O Médico e o Monstro**
    Robert Louis Stevenson
43. **Ecce Homo**
    Friedrich Nietzsche
44. **O Manifesto do Partido Comunista**
    Marx e Engels
45. **Discurso do Método / Regras para a Direção do Espírito**
    René Descartes
46. **Do Contrato Social**
    Jean-Jacques Rousseau
47. **A Luta pelo Direito**
    Rudolf von Ihering
48. **Dos Delitos e das Penas**
    Cesare Beccaria
49. **A Ética Protestante e o Espírito do Capitalismo**
    Max Weber
50. **O Anticristo**
    Friedrich Nietzsche
51. **Os Sofrimentos do Jovem Werther**
    Goethe
52. **As Flores do Mal**
    Charles Baudelaire
53. **Ética a Nicômaco**
    Aristóteles
54. **A Arte da Guerra**
    Sun Tzu
55. **Imitação de Cristo**
    Tomás de Kempis
56. **Cândido ou o Otimismo**
    Voltaire
57. **Rei Lear**
    William Shakespeare
58. **Frankenstein**
    Mary Shelley
59. **Quincas Borba**
    Machado de Assis
60. **Fedro**
    Platão
61. **Política**
    Aristóteles
62. **A Viuvinha / Encarnação**
    José de Alencar
63. **As Regras do Método Sociológico**
    Émile Durkheim
64. **O Cão dos Baskervilles**
    Sir Arthur Conan Doyle
65. **Contos Escolhidos**
    Machado de Assis
66. **Da Morte / Metafísica do Amor / Do Sofrimento do Mundo**
    Arthur Schopenhauer
67. **As Minas do Rei Salomão**
    Henry Rider Haggard
68. **Manuscritos Econômico-Filosóficos**
    Karl Marx
69. **Um Estudo em Vermelho**
    Sir Arthur Conan Doyle
70. **Meditações**
    Marco Aurélio
71. **A Vida das Abelhas**
    Maurice Materlinck
72. **O Cortiço**
    Aluísio Azevedo
73. **Senhora**
    José de Alencar
74. **Brás, Bexiga e Barra Funda / Laranja da China**
    Antônio de Alcântara Machado
75. **Eugênia Grandet**
    Honoré de Balzac
76. **Contos Gauchescos**
    João Simões Lopes Neto
77. **Esaú e Jacó**
    Machado de Assis
78. **O Desespero Humano**
    Sören Kierkegaard
79. **Dos Deveres**
    Cícero
80. **Ciência e Política**
    Max Weber
81. **Satíricon**
    Petrônio
82. **Eu e Outras Poesias**
    Augusto dos Anjos
83. **Farsa de Inês Pereira / Auto da Barca do Inferno / Auto da Alma**
    Gil Vicente
84. **A Desobediência Civil e Outros Escritos**
    Henry David Toreau
85. **Para Além do Bem e do Mal**
    Friedrich Nietzsche
86. **A Ilha do Tesouro**
    R. Louis Stevenson
87. **Marília de Dirceu**
    Tomás A. Gonzaga
88. **As Aventuras de Pinóquio**
    Carlo Collodi
89. **Segundo Tratado Sobre o Governo**
    John Locke
90. **Amor de Salvação**
    Camilo Castelo Branco
91. **Broquéis/Faróis/Últimos Sonetos**
    Cruz e Souza
92. **I-Juca-Pirama / Os Timbiras / Outros Poemas**
    Gonçalves Dias
93. **Romeu e Julieta**
    William Shakespeare
94. **A Capital Federal**
    Arthur Azevedo
95. **Diário de um Sedutor**
    Sören Kierkegaard
96. **Carta de Pero Vaz de Caminha a El-Rei Sobre o Achamento do Brasil**
97. **Casa de Pensão**
    Aluísio Azevedo
98. **Macbeth**
    William Shakespeare

99. **Édipo Rei/Antígona**
Sófocles

100. **Lucíola**
José de Alencar

101. **As Aventuras de Sherlock Holmes**
Sir Arthur Conan Doyle

102. **Bom-Crioulo**
Adolfo Caminha

103. **Helena**
Machado de Assis

104. **Poemas Satíricos**
Gregório de Matos

105. **Escritos Políticos / A Arte da Guerra**
Maquiavel

106. **Ubirajara**
José de Alencar

107. **Diva**
José de Alencar

108. **Eurico, o Presbítero**
Alexandre Herculano

109. **Os Melhores Contos**
Lima Barreto

110. **A Luneta Mágica**
Joaquim Manuel de Macedo

111. **Fundamentação da Metafísica dos Costumes e Outros Escritos**
Immanuel Kant

112. **O Príncipe e o Mendigo**
Mark Twain

113. **O Domínio de Si Mesmo pela Auto-Sugestão Consciente**
Émile Coué

114. **O Mulato**
Aluísio Azevedo

115. **Sonetos**
Florbela Espanca

116. **Uma Estadia no Inferno / Poemas / Carta do Vidente**
Arthur Rimbaud

117. **Várias Histórias**
Machado de Assis

118. **Fédon**
Platão

119. **Poesias**
Olavo Bilac

120. **A Conduta para a Vida**
Ralph Waldo Emerson

121. **O Livro Vermelho**
Mao Tsé-Tung

122. **Oração aos Moços**
Rui Barbosa

123. **Otelo, o Mouro de Veneza**
William Shakespeare

124. **Ensaios**
Ralph Waldo Emerson

125. **De Profundis / Balada do Cárcere de Reading**
Oscar Wilde

126. **Crítica da Razão Prática**
Immanuel Kant

127. **A Arte de Amar**
Ovídio Naso

128. **O Tartufo ou O Impostor**
Molière

129. **Metamorfoses**
Ovídio Naso

130. **A Gaia Ciência**
Friedrich Nietzsche

131. **O Doente Imaginário**
Molière

132. **Uma Lágrima de Mulher**
Aluísio Azevedo

133. **O Último Adeus de Sherlock Holmes**
Sir Arthur Conan Doyle

134. **Canudos - Diário de uma Expedição**
Euclides da Cunha

135. **A Doutrina de Buda**
Siddharta Gautama

136. **Tao Te Ching**
Lao-Tsé

137. **Da Monarquia / Vida Nova**
Dante Alighieri

138. **A Brasileira de Prazins**
Camilo Castelo Branco

139. **O Velho da Horta/Quem Tem Farelos?/Auto da Índia**
Gil Vicente

140. **O Seminarista**
Bernardo Guimarães

141. **O Alienista / Casa Velha**
Machado de Assis

142. **Sonetos**
Manuel du Bocage

143. **O Mandarim**
Eça de Queirós

144. **Noite na Taverna / Macário**
Álvares de Azevedo

145. **Viagens na Minha Terra**
Almeida Garrett

146. **Sermões Escolhidos**
Padre Antonio Vieira

147. **Os Escravos**
Castro Alves

148. **O Demônio Familiar**
José de Alencar

149. **A Mandrágora / Belfagor, o Arquidiabo**
Maquiavel

150. **O Homem**
Aluísio Azevedo

151. **Arte Poética**
Aristóteles

152. **A Megera Domada**
William Shakespeare

153. **Alceste/Electra/Hipólito**
Eurípedes

154. **O Sermão da Montanha**
Huberto Rohden

155. **O Cabeleira**
Franklin Távora

156. **Rubáiyát**
Omar Khayyám

157. **Luzia-Homem**
Domingos Olímpio

158. **A Cidade e as Serras**
Eça de Queirós

159. **A Retirada da Laguna**
Visconde de Taunay

160. **A Viagem ao Centro da Terra**
Júlio Verne

161. **Caramuru**
Frei Santa Rita Durão

162. **Clara dos Anjos**
Lima Barreto

163. **Memorial de Aires**
Machado de Assis

164. **Bhagavad Gita**
Krishna

165. **O Profeta**
Khalil Gibran

166. **Aforismos**
Hipócrates

167. **Kama Sutra**
Vatsyayana

168. **O Livro da Jângal**
Rudyard Kipling

169. **De Alma para Alma**
Huberto Rohden

170. **Orações**
Cícero

171. **Sabedoria das Parábolas**
Huberto Rohden

172. **Salomé**
Oscar Wilde

173. **Do Cidadão**
Thomas Hobbes

174. **Porque Sofremos**
Huberto Rohden

175. **Einstein: o Enigma do Universo**
Huberto Rohden

176. **A Mensagem Viva do Cristo**
Huberto Rohden

177. **Mahatma Gandhi**
Huberto Rohden

178. **A Cidade do Sol**
Tommaso Campanella

179. **Setas para o Infinito**
Huberto Rohden

180. **A Voz do Silêncio**
Helena Blavatsky

181. **Frei Luís de Sousa**
Almeida Garrett

182. **Fábulas**
Esopo

183. **Cântico de Natal/ Os Carrilhões**
Charles Dickens

184. **Contos**
Eça de Queirós

185. **O Pai Goriot**
Honoré de Balzac

186. **Noites Brancas e Outras Histórias**
Dostoiévski

187. **Minha Formação**
Joaquim Nabuco

188. **Pragmatismo**
William James

189. **Discursos Forenses**
Enrico Ferri

190. **Medeia**
Eurípedes

191. **Discursos de Acusação**
Enrico Ferri

192. **A Ideologia Alemã**
Marx & Engels

193. **Prometeu Acorrentado**
Ésquilo

194. **Iaiá Garcia**
Machado de Assis

195. **Discursos no Instituto dos Advogados Brasileiros / Discurso no Colégio Anchieta**
Rui Barbosa

196. **Édipo em Colono**
Sófocles

197. **A Arte de Curar pelo Espírito**
Joel S. Goldsmith

198. **Jesus, o Filho do Homem**
Khalil Gibran

199. **Discurso sobre a Origem e os Fundamentos da Desigualdade entre os Homens**
Jean-Jacques Rousseau

200. **Fábulas**
La Fontaine

201. **O Sonho de uma Noite de Verão**
William Shakespeare

202. Maquiavel, o Poder
José Nivaldo Junior

203. Ressurreição
Machado de Assis

204. O Caminho da Felicidade
Huberto Rohden

205. A Velhice do Padre Eterno
Guerra Junqueiro

206. O Sertanejo
José de Alencar

207. Gitanjali
Rabindranath Tagore

208. Senso Comum
Thomas Paine

209. Canaã
Graça Aranha

210. O Caminho Infinito
Joel S. Goldsmith

211. Pensamentos
Epicuro

212. A Letra Escarlate
Nathaniel Hawthorne

213. Autobiografia
Benjamin Franklin

214. Memórias de Sherlock Holmes
Sir Arthur Conan Doyle

215. O Dever do Advogado / Posse de Direitos Pessoais
Rui Barbosa

216. O Tronco do Ipê
José de Alencar

217. O Amante de Lady Chatterley
D. H. Lawrence

218. Contos Amazônicos
Inglês de Souza

219. A Tempestade
William Shakespeare

220. Ondas
Euclides da Cunha

221. Educação do Homem Integral
Huberto Rohden

222. Novos Rumos para a Educação
Huberto Rohden

223. Mulherzinhas
Louise May Alcott

224. A Mão e a Luva
Machado de Assis

225. A Morte de Ivan Ilicht / Senhores e Servos
Leon Tolstói

226. Álcoois e Outros Poemas
Apollinaire

227. Pais e Filhos
Ivan Turguêniev

228. Alice no País das Maravilhas
Lewis Carroll

229. À Margem da História
Euclides da Cunha

230. Viagem ao Brasil
Hans Staden

231. O Quinto Evangelho
Tomé

232. Lorde Jim
Joseph Conrad

233. Cartas Chilenas
Tomás Antônio Gonzaga

234. Odes Modernas
Anntero de Quental

235. Do Cativeiro Babilônico da Igreja
Martinho Lutero

236. O Coração das Trevas
Joseph Conrad

237. Thais
Anatole France

238. Andrômaca / Fedra
Racine

239. As Catilinárias
Cícero

240. Recordações da Casa dos Mortos
Dostoiévski

241. O Mercador de Veneza
William Shakespeare

242. A Filha do Capitão / A Dama de Espadas
Aleksandr Púchkin

243. Orgulho e Preconceito
Jane Austen

244. A Volta do Parafuso
Henry James

245. O Gaúcho
José de Alencar

246. Tristão e Isolda
Lenda Medieval Celta de Amor

247. Poemas Completos de Alberto Caeiro
Fernando Pessoa

248. Maiakósvski
Vida e Poesia

249. Sonetos
William Shakespeare

250. Poesia de Ricardo Reis
Fernando Pessoa

251. Papéis Avulsos
Machado de Assis

252. Contos Fluminenses
Machado de Assis

253. O Bobo
Alexandre Herculano

254. A Oração da Coroa
Demóstenes

255. O Castelo
Franz Kafka

256. O Trovejar do Silêncio
Joel S. Goldsmith

257. Alice na Casa dos Espelhos
Lewis Carrol

258. Miséria da Filosofia
Karl Marx

259. Júlio César
William Shakespeare

260. Antônio e Cleópatra
William Shakespeare

261. Filosofia da Arte
Huberto Rohden

262. A Alma Encantadora das Ruas
João do Rio

263. A Normalista
Adolfo Caminha

264. Pollyanna
Eleanor H. Porter

265. As Pupilas do Senhor Reitor
Júlio Diniz

266. As Primaveras
Casimiro de Abreu

267. Fundamentos do Direito
Léon Duguit

268. Discursos de Metafísica
G. W. Leibniz

269. Sociologia e Filosofia
Émile Durkheim

270. Cancioneiro
Fernando Pessoa

271. A Dama das Camélias
Alexandre Dumas (filho)

272. O Divórcio / As Bases da Fé / e outros textos
Rui Barbosa

273. Pollyanna Moça
Eleanor H. Porter

274. O 18 Brumário de Luís Bonaparte
Karl Marx

275. Teatro de Machado de Assis
Antologia

276. Cartas Persas
Montesquieu

277. Em Comunhão com Deus
Huberto Rohden

278. Razão e Sensibilidade
Jane Austen

279. Crônicas Selecionadas
Machado de Assis

280. Histórias da Meia-Noite
Machado de Assis

281. Cyrano de Bergerac
Edmond Rostand

282. O Maravilhoso Mágico de Oz
L. Frank Baum

283. Trocando Olhares
Florbela Espanca

284. O Pensamento Filosófico da Antiguidade
Huberto Rohden

285. Filosofia Contemporânea
Huberto Rohden

286. O Espírito da Filosofia Oriental
Huberto Rohden

287. A Pele do Lobo / O Badejo / o Dote
Artur Azevedo

288. Os Bruzundangas
Lima Barreto

289. A Pata da Gazela
José de Alencar

290. O Vale do Terror
Sir Arthur Conan Doyle

291. O Signo dos Quatro
Sir Arthur Conan Doyle

292. As Máscaras do Destino
Florbela Espanca

293. A Confissão de Lúcio
Mário de Sá-Carneiro

294. Falenas
Machado de Assis

295. O Uraguai / A Declamação Trágica
Basílio da Gama

296. Crisálidas
Machado de Assis

297. Americanas
Machado de Assis

298. A Carteira de Meu Tio
Joaquim Manuel de Macedo

299. Catecismo da Filosofia
Huberto Rohden

300. Apologia de Sócrates
Platão (Edição bilingue)

301. Rumo à Consciência Cósmica
Huberto Rohden

302. Cosmoterapia
Huberto Rohden

303. Bodas de Sangue
Federico García Lorca

304. Discurso da Servidão Voluntária
Étienne de La Boétie

305. Categorias
Aristóteles

306. Manon Lescaut
Abade Prévost

307. Teogonia / Trabalho e Dias
Hesíodo

308. As Vítimas-Algozes
Joaquim Manuel de Macedo

309. Persuasão
Jane Austen

310. Agostinho - *Huberto Rohden*

311. Roteiro Cósmico
Huberto Rohden

312. A Queda dum Anjo
Camilo Castelo Branco

313. O Cristo Cósmico e os Essênios - *Huberto Rohden*

314. Metafísica do Cristianismo
Huberto Rohden

315. Rei Édipo - *Sófocles*

316. Livro dos provérbios
Salomão

317. Histórias de Horror
Howard Phillips Lovecraft

318. O Ladrão de Casaca
Maurice Leblanc

Série Ouro
(Livros com mais de 400 p.)

1. Leviatã
Thomas Hobbes

2. A Cidade Antiga
Fustel de Coulanges

3. Crítica da Razão Pura
Immanuel Kant

4. Confissões
Santo Agostinho

5. Os Sertões
Euclides da Cunha

6. Dicionário Filosófico
Voltaire

7. A Divina Comédia
Dante Alighieri

8. Ética Demonstrada à Maneira dos Geômetras
Baruch de Spinoza

9. Do Espírito das Leis
Montesquieu

10. O Primo Basílio
Eça de Queirós

11. O Crime do Padre Amaro
Eça de Queirós

12. Crime e Castigo
Dostoiévski

13. Fausto
Goethe

14. O Suicídio
Émile Durkheim

15. Odisseia
Homero

16. Paraíso Perdido
John Milton

17. Drácula
Bram Stocker

18. Ilíada
Homero

19. As Aventuras de Huckleberry Finn
Mark Twain

20. Paulo – O 13º Apóstolo
Ernest Renan

21. Eneida
Virgílio

22. Pensamentos
Blaise Pascal

23. A Origem das Espécies
Charles Darwin

24. Vida de Jesus
Ernest Renan

25. Moby Dick
Herman Melville

26. Os Irmãos Karamazovi
Dostoiévski

27. O Morro dos Ventos Uivantes
Emily Brontë

28. Vinte Mil Léguas Submarinas
Júlio Verne

29. Madame Bovary
Gustave Flaubert

30. O Vermelho e o Negro
Stendhal

31. Os Trabalhadores do Mar
Victor Hugo

32. A Vida dos Doze Césares
Suetônio

33. O Moço Loiro
Joaquim Manuel de Macedo

34. O Idiota
Dostoiévski

35. Paulo de Tarso
Huberto Rohden

36. O Peregrino
John Bunyan

37. As Profecias
Nostradamus

38. Novo Testamento
Huberto Rohden

39. O Corcunda de Notre Dame
Victor Hugo

40. Arte de Furtar
Anônimo do século XVII

41. Germinal
Émile Zola

42. Folhas de Relva
Walt Whitman

43. Ben-Hur — Uma História dos Tempos de Cristo
Lew Wallace

44. Os Maias
Eça de Queirós

45. O Livro da Mitologia
Thomas Bulfinch

46. Os Três Mosqueteiros
Alexandre Dumas

47. Poesia de Álvaro de Campos
Fernando Pessoa

48. Jesus Nazareno
Huberto Rohden

49. Grandes Esperanças
Charles Dickens

50. A Educação Sentimental
Gustave Flaubert

51. O Conde de Monte Cristo (Volume I)
Alexandre Dumas

52. O Conde de Monte Cristo (Volume II)
Alexandre Dumas

53. Os Miseráveis (Volume I)
Victor Hugo

54. Os Miseráveis (Volume II)
Victor Hugo

55. Dom Quixote de La Mancha (Volume I)
Miguel de Cervantes

56. Dom Quixote de La Mancha (Volume II)
Miguel de Cervantes

57. As Confissões
Jean-Jacques Rousseau

58. Contos Escolhidos
Artur Azevedo

59. As Aventuras de Robin Hood
Howard Pyle